论尽科幻

突破导写与导读的时空奇点

SCIENCE FICTION GALORE
Reading & Writing Guide

海峡出版发行集团 | 福建科学技术出版社
THE STRAITS PUBLISHING & DISTRIBUTING GROUP | FUJIAN SCIENCE & TECHNOLOGY PUBLISHING HOUSE

著名科普作家　李逆熵 ——— 著

序

近年在各处进行讲座时,主办方往往称我为"著名的科普及科幻作家"。如果我的讲座讲题和科幻有关,他们更会把"科幻"放到"科普"之前。

正如我曾在拙作《无限春光在太空》一书的后记中说,每次遇到这样的情况,我都感到浑身不自在,甚至产生一种在欺骗听众的感觉。这是因为,我迄今出版的科幻小说作品,只有短篇故事集《无限春光在太空》这一本,或是它的增订新版(加了三篇故事)的《泰拉文明消失之谜》。以如此低的创作量,怎样也算不上是"著名科幻作家"。

然而,如果我们把视野拉阔一点,把所有有关科幻的作品也计算在内,那么我迄今出版的作品确也不少。其中包括:

◎ 由我翻译的西方短篇科幻小说集《最后的问题》(1987);

◎ 推动"科幻阅读与欣赏"的《超人的孤寂》(1988);

◎ 由我和友人李文健创办的香港第一本《科学与科幻》刊物(1990):《无尽之旅》《宇宙的风采》《飞向群星》《拯救地球》;

◎ 科幻综论《挑战时空》(1996);

◎ 由我一手策划和编辑的"香港短篇科幻小说精选集"《宇宙摩天轮》(2010);

◎ 科幻论文集《科幻迷情》(2012)。

由于上述书籍多已绝版，在格子盒作室的鼓励和支持下，我从多本作品中选取了我较喜爱的文章，也加入了一些未结集出版的文章，在增润之后制作成你如今手上的《论尽科幻》。

当然，我致力推广科幻，并不限于著书立说。我于1986年开始，连续五年出任"新雅少年儿童文学创作比赛"中的"科幻故事组"评审；于2005年开始，连续四年出任"全球华人科幻创作奖"（倪匡科幻奖）的评审；于2011年至今，出任"新一代文化协会科学创意中心"主办的"香港学界科幻创作比赛"的评审；同年亦出任中国内地的"全球华语科幻星云奖"评审。2018年，则出任中国台湾地区主办的"泛科幻奖"的评审。

1996年，我虽已移居澳大利亚（现今已回香港），亦推动了"香港科幻会"的成立，并出任其副会长一职。2008年年中，提早退休的我更接过了会长的职务。2009年至2010年，我在香港电台主持了一个名为"科幻解码"的广播节目。而这么多年来，我在香港科学馆、太空馆、公共图书馆、各大专院校、中学及小学主持的科普科幻讲座不计其数。

也就是说，如果人们介绍我时用"头号科幻推手"，我将会"面不红、心不跳"当之无愧地笑纳。

在"前言"中如此"硬推销"自己我也是第一次。你读后仍然毫无购买欲的话，我也唯有俯首投降！

是为序。

李逆熵

目录

前言 | 8

第一部——导写篇

- 科幻小说本质之解构
- 新手写作入门之开笔
- 推进创作意念之奇点

1-1　什么是科幻小说 | 14

1-2　科幻小说是文学吗 | 24

1-3　优秀科幻创作举隅 | 30

1-4　科幻中的科学
　　　——介于科学与想象之间 | 38

1-5　发扬科幻中的批判精神 | 52

1-6　科幻之沉思
　　　——"超然视角"与"人文关怀"之间的张力 | 59

1-7　绿色科幻巡礼 | 78

1-8　科幻中的未来医学 | 100

1-9　攀登科幻的高峰 | 110

1-10　科幻十题
　　　——创作题材脑震荡 | 128

第二部──导读篇

- 入迷科幻小说之读瘾
- 开卷阅读科幻之推介
- 优秀意念引发之深思

2-1　我为什么爱看科幻小说 ｜ 134

2-2　经典作品《2001 太空漫游》赏析 ｜ 149

2-3　多谢您，克拉克
　　　──进入克拉克的科幻世界 ｜ 162

2-4　《科学怪人》的奇情与启示 ｜ 175

2-5　索拉里斯星 ｜ 179

2-6　读科幻掉泪 ｜ 185

2-7　卫斯理大战木兰花 ｜ 190

2-8　中国科幻先驱
　　　──《猫城记》｜ 201

- 后记 ｜ 205

前言

科幻小说
——探索未来的跳板

在所有文学类型中,科幻小说是一个迟来者。这是因为,即使在西方,科技进步引致社会的急速转变,也是19世纪下半叶的事情。英国女作家雪莱(Mary Shelley)于1818年受到"生物电"的启发而创作的《科学怪人》(*Frankenstein*),可算是走在时代前头的一部作品。

真正将科幻小说带给普罗大众的是法国作家凡尔纳(Jules Verne, 1828-1905),他的《八十日环游世界》(*Around the World in Eighty Days*)、《海底两万里》(*Twenty Thousand Leagues under the Sea*)和《地心探险记》(*Journey to the Centre of the Earth*)等作品,到今天仍叫人津津乐道。

19世纪末20世纪初,英国作家威尔斯(Herbert George Wells, 1866-1946)的作品《时间机器》(*Time Machine*)、《隐身人》(*The Invisible Man*)、《宇宙战争》(*War of the Worlds*)等,既在想象力方面作出突破,也在文字方面把科幻提升到一个新的境界。往后的"20世纪三大反乌托邦小说":扎米亚京(Yevgeny Zamyatin)的《我们》(*We*)、赫胥黎(Aldous Huxley)的《美丽新世界》(*Brave New World*)、欧威尔(George

Orwell)的《一九八四》(1984);以及"科幻三巨头"——克拉克(Arthur C. Clarke)、阿西莫夫(Isaac Asimov)和海莱因(Robert A. Heinlein)等的众多精彩作品(也包括大量其他优秀作家的作品),为"科幻"这种文学类型打下了深厚的基础。

"科幻"在科学技术发展较早的西方国家已是迟来者,在中国的发轫自是更晚。跑在时代前头的是,老舍于1932年创作的《猫城记》。但专注创作科幻的作家,要到中国推行"改革开放"政策后才纷纷出现。他们包括郑文光、童恩正、叶永烈等。而继承他们的有王晋康、刘慈欣、韩松等较新一辈的作家。刘慈欣的《三体》是迄今最畅销的中文科幻小说,曾于2015年获西方科幻界最高荣誉的"雨果奖"(Hugo Award)。而他的中篇故事《流浪地球》则被拍成了一部制作庞大的电影。

在年轻一辈的中国内地作家之中,较突出的有郝景芳、夏茄、陈楸帆等。其中郝景芳的中篇小说《北京折叠》于2016年获"雨果奖"。

在中国台湾地区,继黄海的开拓性创作后,张系国的《星云组曲》(1980)和《城》三部曲(1983—1991),以及叶言都的《海天龙战》(1987)等作品,都为中文科幻奠立了很高的标准。海外华人方面,以马来西亚的张草所写的《灭亡》三部曲为代表作。

在中国香港,最早的一本科幻小说是杨安定(笔名杨子江)于1960年发表的《天狼A9-001号之谜》。杨安定的另一项贡献,是把大量苏联的科幻作品译成中文,并结集于《水星旅行日记》《怪星撞地球》《火星人的报复》等书中。接下来的"科幻推手"是李文健（笔名杜渐），他除了翻译西方的作品外，亦在报刊发表科幻专论。1990 年，李文健更和笔者创办了香港第一本科幻杂志《科学与科幻》。

香港最受欢迎的科幻作家是倪匡（原名倪亦聪），他创作的"卫斯理"系列（1963—2004）超过 100 本，其中一些已被拍成电影。张君默（原名张景云）的《大预言》（1990）是香港第一本以环境灾难为题材的科幻小说。

踏进 21 世纪，谭剑和萧志勇（笔名萧炫）是两位较为活跃的香港科幻作家。谭剑的作品（如《人形软件》）曾多次获奖（包括"倪匡科幻奖"和"全球华语科幻星云奖"）。此外，黄易、宇无名等的科幻和玄幻作品亦很受欢迎。陈冠中的《盛世》（2009）和《建丰二年》（2015）虽不号称科幻，但题材和处理手法都植根于科幻的传统。

天文学家霍伊尔（Fred Hoyle）曾说："有人说要找最拙劣的小说，可在科幻作品中求之，我对此没有意见。我要提出的是，将来要找最优秀最有意义的文学作品，也必须在科幻小说中求之。这是因为，只有科幻小说才努力反映科学进步对人类社会的冲击，也只有它才装着人类对未来的恐惧和盼望。"

【附记】

上文是笔者应香港贸易发展局之邀,为 2019 年香港书展的"文艺廊"展览"科幻文学巡礼"所写的序言,在此借用作为本书的前言。

第一部
导写篇

科幻小说本质之解构
新手写作入门之开笔
推进创作意念之奇点

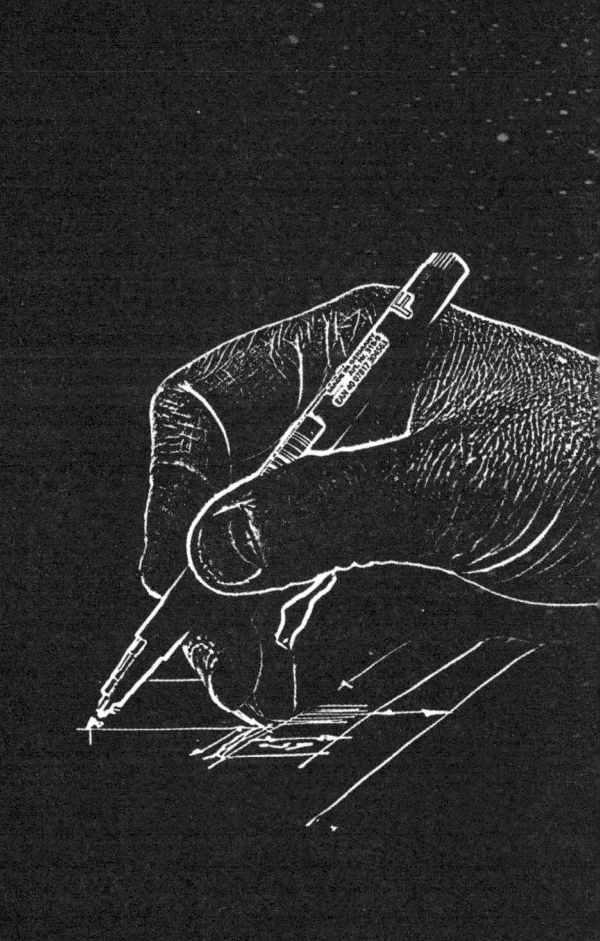

1-1 什么是科幻小说

> 区别赝货和真正的科幻小说,不是看题材。机器人、激光枪和怪物本身并不构成科幻小说。真假科幻(假科幻实质上是反科学小说)的区别在于对题材的处理……

·有一百个作家就有一百种定义

在所有的文学类型中,科幻小说出现得最晚,也遭到最多误解。

如果你问朋友:"你喜欢看科幻小说吗?"你得到的回答可能是:"科幻小说?什么是科幻小说?"或者"我看过超人打怪兽那类连环画,但好几年前就已不看了。"没那么气人的回答是:"哦,你说的是电视里那些哄人的飞碟和火星人侵略地球的故事吗?嘿,有空我也看,但我对这些幼稚的东西其实没有很大的兴趣。"你还可能常常碰到那么一种人,他会以轻蔑的口气,直截了当地回答:"我从不看这些荒谬的东西。"

第一部
导写篇

1-1 什么是科幻小说

我们在这儿要谈的就是第一个回答提出的问题:"什么是科幻小说?"这是所有问题的关键,因为只要深入探讨下去,我们会发现,上面谈到的种种反应都和这个问题密切相关。

"有多少个科幻小说家(且不论读者)就有多少种科幻小说的定义。"这一说法可能有点夸大其词,不过凡是对此领域多少有点认识的人,都非常清楚,要为科幻小说下一个确切而无可争议的定义,是非常困难的。

·披上"科幻外衣"的各种类型小说

勃特勒(Samuel Butler)的《虚幻国》(*Erewhon*)和福斯特(E. M. Foster)的《机器休止》(*The Machine Stops*)是科幻小说吗?如果赫胥黎(Aldous Huxley)的《美丽新世界》(*Brave New World*)是科幻小说,那么欧威尔(George Orwell)的《一九八四》(*1984*)呢?或者那只是一篇透过未来以批判现实的讽刺作品?难道凡是以火星为背景的冒险故事就该叫科幻小说吗? 2015年的电影《火星任务》(*The Mountain*)就因此引起争议。

深究之下,我们不难发现,原来许多所谓的"科幻小说",只是披着"科幻外衣"的其他类型小说。它可能只是本普通的惊险小说,只不过是用激光枪代替了普通武器;或者是横越大西洋的走私者,变成了来往于地球与火星之间的走私者。《星球大战》(*Star Wars*)就是这类假科幻的典型例子。

再就科幻定义本身而言(绝大多数定义是科幻小说作者定的),我们发现,从最简单到最复杂的都有。比方说科幻是一种"如果……将会发生什么"的故事,也有的认为科幻是"探索人的定义和他在宇宙中的地位,这些探索及其结果将会丰富现有的既先进但又不清晰的知识。"显然这些定义既不清晰,亦难以理解。

▲ 著名科幻小说家海莱因(Robert A. Heinlein)

▲ 出生于俄罗斯的美籍犹太人作家阿西莫夫(Isaac Asimov)

·海莱因与阿西莫夫怎么说

著名科幻小说家海莱因(Robert A. Heinlein)所下的定义,尽管有些乏味,倒可视为一个良好的起点。

他认为,科幻小说是"在这种小说中,作者表现了对被视为科学方法的人类活动的本质和重要性的理解,同时对人类通过科学活动收集到的大量知识表现了同样的理解,并将科学事实、科学方法对人类的影响以及将来可能产生的影响表现出来。"

简短一些,我们引用阿西莫夫(Isaac Asimov)的话来说:"科幻小说可界定为处理人类回应科技发展的一个文学流派。"

从以上的定义中,我们不难发现,科幻小说相对于其他文学类型是一个后来者。科学技术的迅速变化,并引起社会形态急速转变,这是工业革命后才出现的现象。这种现象自1750年最先出现于英国和荷兰,其后在1850年出现于美国和西欧国家,而自1920年起遍及全世界。

·凡尔纳与威尔斯奠定科幻小说基础

第一个对这种影响人类生活的新因素作出反应的是，法国著名作家凡尔纳（Jules Verne），他被称为"现代科幻小说之父"。他的作品经常探究科学及其发展对人类的影响。在英语世界中，最早的大师则是威尔斯（H. G. Wells），他们一起奠定了大多数科幻小说主题的基础。在此基础上，科幻小说作家千变万化，写出多姿多彩的作品，使科幻小说慢慢繁荣发展起来。

▲ 法国著名作家凡尔纳（Jules Verne），被誉为"现代科幻小说之父"

生活在别的太阳之下的外星人、银河政府的德政或暴行，有的荒谬、邪恶，或者也有令人感动的生命形态的星球、拥有巨大威力并能窥阅人类思维的机器……科幻小说涉及的就是这样一些奇妙的事物、陌生的环境，以及人类对它们作出的反应。

▲ 西方科幻创作堪称最早的大师威尔斯（H. G. Wells）

应该指出的是，"科学幻想小说"虽然号称"科学"，但小说里无须充满科学的内容。事实上，虽然也有一些故事以严肃的科学内容为主题，但那只是例外。如果科幻小说真的要在细节上专门描述科学的结构和活动，那么这种科幻小说只有科学家才会对它有兴趣。普罗大众之所以对科幻小说感兴趣，是因为它的主题和处理手法远远超越科学的层面，它呈现了人类面对科学进步时的种种难题与可能性。

·科幻小说与臆想小说

科幻小说极易与臆想小说（speculative fiction），特别是与魔幻小说（fantasy）相混淆。事实上，甚至有些科幻小说家有时也给弄糊涂了，称其作品为臆想之作，而有时又把一些魔幻小说贴上科幻小说的标签。科幻小说的确和臆想小说一样，都与臆测未知有关，甚至有时可能享有共同的主题，这倒是真的（这是引起混乱的主要原因）。但严格地说，这两者正如石器时代的巫医与现代外科医生的医学技术，是完全不同的两码事。

科幻小说和臆想小说的目的，基本上是通过想象的叙述为读者提供娱乐，就像巫医和外科医生的目的都是要给人治病，两者都创造诡异的情境和描述怪诞的事件，不同的是处理的手法。如果将科幻小说视为臆想（从不严格的意义上说），那么，科幻小说是一种独特的臆想，它对奇迹的解释是"自然的"，而非"超自然的"。科幻小说的主题开展是具有逻辑推理性的，每一步都必须考虑到必要的科学细节，有合理的科学构思。这些正是海莱因的定义所试图阐明的。

正如上述，有一种非常流行但又不十分准确或者指定性不强的科幻小说定义——"科幻小说是'如果……将会怎么样？'的故事。"如果人能够永生，将会发生什么？如果人能够回到过去并改变历史，将会怎么样？如果天空出现飞碟把人掳走，如果猩猩变成地球的统治者，如果月球与地球相撞，那又会怎么样呢？围绕这些主题，大量低级趣味的杂志、电影、电视剧，以科幻的名义出现在大众面前。上述主题常被用作故事的引子，但开了头后，这些主题便被掷至一边，而各种毫无逻辑、非科学的荒谬内容则倾注其中。这是真正科幻小说的最阴险的敌人。由于披上"科学"的外衣（故事中不是总有一个科学家吗？），读者极易上当，并对科幻小说产生错觉。

·区别赝品和真正的科幻小说

区别赝品和真正的科幻小说，不是看题材。机器人、激光枪和怪物本身并不构成科幻小说。真假科幻（假科幻实质上是反科幻小说）的区别在于对题材的处理。科幻小说家有时会提出一些对于现有科学认知来说难以置信或不可能的假设（例如飞行快于光速的星际飞船）；有时他们试图解释这些假设（例如穿越四维时空的通道）；或者，有时不加任何解释，但故事一开始，他们将会尽量与现有科学知识衔接，并利用它来展开主题；更多时候，他们会假设故事的开展只是已知事实的外延。

现在我们已能够制造会学习和改进自己、能下棋和进行简短对话的电脑。如果我们制造出一个比现在规模大 10 倍、复杂程度提高 100 倍的电脑，会出现什么状况呢？这些正是科幻小说家经常问自己的问题。写科幻小说并非易事。讲述一个来自金星的生物访问地球，我们必须掌握最新的关于金星表面的天文知识，并解释此生物在金星致命的高温和压力（据我们目前所知）下如何生存。时光旅行很有趣，但必须苦苦思索其中违反因果律的情况并设法解决所带来的后果。

一句话，所有真正的科幻小说的基本要素是科学精神——信仰人类理性的优越以及宇宙固有的合理性。

可见，科幻小说不仅仅是个人的盲目奇想。很多人不喜欢科幻小说，是因为它"过于想象"。但是有组织的、有建设性的想象，与疯狂、不加约束的白日梦之间是有很大区别的。后者是神经病的（夸大妄想狂），不能区别事实与幻觉，前者则是冷静头脑的思考。"过于想象"的嘲笑取决于你所说的想象是什么。事实上，在大部分时间里，大多数科幻小说家的想象力是极其不够的！

· 科幻是"儿戏想象"吗

爱因斯坦说："想象比知识更重要。"人没有好奇心和想象力，就是放弃其作为人的天赋权利。

有些成年人，甚至年轻人跟科幻小说绝了缘，而且还自以为是地说："我从中学起，就不看科幻小说了。"这与其说是在自我歌颂刚刚才得到的成熟，倒不如说是在祝贺自己精神动脉的某种硬化。随着年龄的增长，人们常会失去一个重要特性——惊奇感。关于这一点，我想引用爱因斯坦的话：**"我们能够体验的最美丽最深奥的情感是神秘感。它是一切真正科学的播种者。谁若对这种情感感到陌生，不再有惊讶赞叹之情，谁就如同行尸走肉了。"**

记得我们年少的时候，世界上的一切是多么清新光明。最简单的事物也充满生机，引人入胜。我们多么渴望不寻常的念头。但日子久了，不寻常也就变得寻常了。随着年龄增大，世界也随着我们的年龄变老。眼中的事物在平凡的日子里褪了色，于是我们以单调贫乏的心灵去面对世界，还为自己机械的生活方式而庆幸！难道这是不可避免的吗？当然不是！

科幻小说就是一种渠道，在那儿我们的思想仍在流动，不会停滞。科幻小说激发我们的好奇心，延展我们的想象力。它不是一种现实的虚假代替品，而是现实美丽的延伸，并且为光明的宇宙增添了更加辉煌的色彩。

身体缺乏锻炼，就会失去活力，头脑也是一样的。科幻小说不仅十分刺激，还为精神世界带来见识和力量。许多科幻小说家本身就是从事研究工作的科学家。另外，每天都有许多勤劳、有智慧、负责任的人想方设法地继续享受年轻人灵活思维的快乐。他们渴望享受优秀的科幻小说，这也是他们内在幸福的反映。

·科幻是"逃避现实"吗

除了"过于想象"外，另一个对科幻小说常见的嘲笑——科幻小说"逃避现实"。奇怪的是，没有人会认为主流文学以各种方式去反映读者最迫切的问题（例如投资致富或挽救婚姻），是一种"逃避主义"。因此，我不明白，为什么火星上的殖民地要争取独立，或星际联邦要调停星际贸易纠纷，会比维多利亚时代的乡下人或沙皇时代的俄国人的活动更多地被人认为是在鼓励逃避现实。且不谈显而易见的看法，即人只能在他紧迫繁忙之余去追求文学。因此从某种意义上来说，所有文学都是一种"逃避主义"。那么，从哪方面可以说具有创造性的科幻小说是逃避现实的呢？

"逃避主义"通常包含"宁要惬意的幻想，也不要严酷的现实"的意思。然而许多科幻小说描写的正是最现实的细节，诸如可能发生的核战争及浩劫后的末日境况。如果科幻小说真的是逃避现实的文学，那么它可真是逃避现实的文学中的一种奇特的形式了。它竟然采用了人口膨胀、环境污染、细菌战争、遗传工程、情绪遥控、太空探索、与人工智能对抗、与外星侵略者对抗,以及其他许多使人忧心忡忡的事情。科幻小说提出以上问题(如生态环境危机)比现实世界处理这些问题要早几十年呢!所以,如果说科幻小说逃避现实的话,那么它也是逃进现实中去啊!

还有,除了描写核战争本身外,很多故事描写一场战争的可能前奏,并探索当前局势中各种复杂的关系。另外,科幻小说拼命抨击诸如种族歧视、宗教狂热和殖民主义等问题,这样的抨击在主流小说中并不多见。事实上,我们在科幻小说中所碰到的,正是我们应该强调的高瞻远瞩的视野,以及探究人类生存的意义。这常比那些自称是社会现实主义的作品更为深刻和尖锐。

·看见科幻的未来

然而,科幻小说通常考虑的问题是关于遥远的未来(可能是一百万年后的事);不断进化中的生物(人类可能会灭绝并被地球上某种新生物所取代);比人类心智更强的生物(可能大大地优越于我们,就有如变形虫无法理解我们一样,它们的心智是我们无法理解的)。

科恩(M. R. Cohen)在《自由主义者的信仰》中的一段引语对这种态度提供了很好的回答:"如果我们不能超越当前迫切问题而从宇宙的根基和背景上去加以思考,我们对人类意识的观点就会变得狭窄、闭塞,甚至变得暴戾。"

最后，让我以诺贝尔奖得主和科幻小说迷穆勒博士（Dr. Hermann J. Muller）的话作为本篇的结束语——

"透过科学的眼睛，我们越来越领略到，现实世界并非如人类童年时所见的秩序井然的小花园，而是一个奥妙绝伦、浩瀚无比的宇宙。如果我们的艺术不去探索和反思人类正在闯入这大千世界时所碰到的境遇，也不去反映这些反思带来的希望和恐惧，那么，这种艺术是死的艺术……但是人没有艺术是活不下去的，因此，在一个科学的时代里，他创造出科幻小说。"

> 【附记】
>
> 这篇文章写于20世纪80年代，是本书收录的最早作品。那时人们对科幻的认识十分贫乏。所幸这数十年来情况已经有所改善，文首所描述的情景应该不会重现。

1-2
科幻小说是文学吗

> 不单是金庸的武侠小说,就连施耐庵的《水浒传》,在面世之初也被视为不能登大雅之堂的俚俗之作。令人摇头叹息的是,金庸小说面世半个世纪终获接纳为文学,而科幻小说面世已超过一百年,却仍被不少主流文学的卫道之士摈诸门外……

2008年年中,笔者出任香港科幻会会长,即与科幻会的一群会友,筹划举办一个结合两岸乃港澳乃至海外华人的"全球中文科幻大会",并于短期内分别取得了中国内地与台湾地区的头号科幻"推手"——北京师范大学的吴岩教授和台湾交通大学的叶李华教授的全力支持,还邀得张系国教授与倪匡先生出任大会顾问。

在香港方面:科学馆愿意借出场地作会议之用,公共图书馆同意联合举办科幻系列讲座,香港电台会共同制作一系列介绍科幻的电台节目,树仁大学科技文化研究及发展中心成为协办单位,而会议的最后一天,更安排在澳门科学馆举行。为了配合学校新科目的推行,香港教育局课程发展处亦对这项活动表示全力的支持……

·为什么你认为科幻是文学呢

一个阵容如此之大而且饶有意义的活动必定得以顺利展开,对吗?错!从 2008 年至 2009 年的一年多里,科幻会曾先后向艺术发展局和优质教育基金申请拨款,但两次皆被拒绝。其中一次,笔者还被要求出席一趟与评审小组的会晤。席上笔者回答了不少有关活动细节的提问。但就在会晤结束之前,小组成员的一个问题令我既气愤又措手不及。这个冷不防的问题是:"为什么你认为科幻是文学呢?"

由于毫无心理准备,我回答得很不理想,当时就觉得"天呐!我这次是白来了!"(事后证实我的直觉一点没错)之后我以电邮向一群会友报告会晤的情况时,一名会友愤然地回复:"如果是我的话,我一定会反问他们,那么金庸的武侠小说又算不算是文学呢?"

的确,不单金庸的武侠小说,就连施耐庵的《水浒传》,在面世之初也被视为不能登大雅之堂的俚俗之作。令人摇头叹息的是,金庸小说面世半个世纪终获接纳为文学,而科幻小说面世已超过一百年,却仍被不少主流文学的卫道之士摈诸门外。无怪乎有人曾经这样说:"如果莱姆(Stanislaw Lem,波兰科幻小说家)最终

▲ 波兰科幻小说家莱姆(Stanislaw Lem)

没有获诺贝尔文学奖,唯一的理由是有人告诉评审团他写的是科幻小说。"〔各位若对这句说话有疑问,可阅读莱姆以下的作品:《索拉里斯星》(Solaris)、《无敌》(The Invincible)、《其主之声》(His Master's Voice)。其中的《索拉里斯星》曾被苏联导演塔可夫斯基(Andrei Tarkovsky)拍成电影。〕〔本书2-5 有更多关于《索拉里斯星》的作品赏析〕

·中外佳作如云,读后自行判断

事实上,2007年诺贝尔文学奖得主莱辛(Doris Lessing)曾经写过一系列优秀的科幻小说。而著名的"20世纪三大反乌托邦小说":扎米亚京(Yevgeny Zamyatin)的《我们》(*We*)、欧威尔(George Orwell)的《一九八四》(*1984*)和赫胥黎(Aldous Huxley)的《美丽新世界》(*Brave New World*),都是备受科幻迷推崇的作品。

▲ 著名的"20世纪三大反乌托邦小说":扎米亚京(Yevgeny Zamyatin)的《我们》(*We*)、欧威尔(George Orwell)的《一九八四》(*1984*)和赫胥黎(Aldous Huxley)的《美丽新世界》(*Brave New World*),都是备受科幻迷推崇的作品

▲ 2007年诺贝尔文学奖得奖者莱辛（Doris Lessing）曾经写过一系列优秀的科幻小说

论尽科幻
突破导写与导读的时空奇点

以"反乌托邦"为题材的科幻佳作，还有冯内果（Kurt Vonnegut）的《自奏的钢琴》（*Player Piano*）、布莱柏利（Ray Bradbury）的《华氏451度》（*Fahrenheit 451*）[曾被法国导演杜鲁福（Francois Truffaut）拍成电影《烈火》]、伯吉斯（Anthony Burgess）的《带发条的橘子》（*Clockwork Orange*）[曾被导演库布里克（Stanley Kubrick）拍成电影]，以及勒奎恩（Ursula K. LeGuin）的《无处容身》（*The Dispossessed*），而他的另一部小说《黑暗的左手》（*The Left Hand of Darkness*），更被科幻迷公认为文笔优美的典范作品。

中文科幻较西方科幻起步迟得多，但最早的一部佳作可能令大家感到十分诧异，那便是老舍先生写于上世纪30年代的《猫城记》。这本被国人忽视的作品，很早便被国外翻译成多种文字。〔本书2-8有更多关于《猫城记》的作品赏析〕

至于较近代的，当然是张系国的《星云组曲》。另一部我要极力推荐的作品，是叶言都所写的《海天龙战》。如果大家看完这部作品仍然觉得科幻不是文学，那么我也无话可说。

近年来，出现了不少新晋作家，当中最瞩目的是王晋康和刘慈欣，其他如韩松、何夕、星河等也很受欢迎。大家在逛书店时，不妨搜购他们的作品一看。

科幻是文学吗？这个题目可以写成一篇数万字的论文。但最实际的做法是，大家尝试阅读一些公认的佳作，然后再由自己判断，好吗？

▲ 老舍的《猫城记》

▲ 张系国的《星云组曲》

▲ 刘慈欣的《流浪地球》

1-3 优秀科幻创作举隅

> 科幻创作的确有其独特的地方,但作为一种文学体裁,也就逃不出我们对文学作品的优劣评定标准。简单地说,不管一本科幻小说中的科幻意念如何出色,如果其小说技巧拙劣,那么无论如何它也不是出色的科幻小说……

怎样才算是好的科幻小说呢?多年来,笔者不下百次被问及这个问题。好吧,就让我们把问题分析一下。首先,让我们把"科幻小说"这个名称拆开来看看。这个名称实由三个部分组成,它们分别是"科"、"幻"和"小说"。

· 何谓"科"?

先说"科"。"科",自然代表科学,这是所有科幻小说的起点,就如推理小说中的"推理"、武侠小说中的"武侠"那么重要。但科学究竟是什么呢?简要言之,科学是对未知领域的探求。这种探求的特色是讲求证据、逻辑和系统性的。通过这种探求,人类的知识和技术不断增进,而这种增进则不断改变着人类社会及人际关系的面貌。

在个人兴趣的层面,集邮、时装设计、足球、雕塑、武术和科学,都可能具有同等的价值。但从宏观的角度来看,科学对社会发展影响之深远,无疑较诸上述每一项活动都巨大得多。而科幻小说所处理的,正是人、自然、科学、技术、社会之间不断变动的相互关系。由此看来,科幻小说的意义,实远在一般"类型小说"(如侦探、间谍、恐怖、武侠等)之上。

·何谓"幻"?

接着,让我们说一说"幻"。"幻"代表了幻想,是科幻小说中最引人入胜的部分。细察之下,这个"幻"字其实负起了两大功能。首先,只有加入"幻",才可使科幻小说成为一种富于娱乐性的独特文学体裁。纯粹描述今天科学家的研究工作,或一些现存的科技(如飞机、电话)对我们有何影响的小说,相信没有多少人会感兴趣。但若我们以丰富的想象力在小说中描绘一些未曾发生却又可能发生的情况,对读者的吸引力自然不可同日而语。

这个"幻"字不单提供了娱乐性,它也是科幻小说中思想性和探讨性的源泉。科幻小说中的幻想并非天马行空的胡思乱想。它是植根于事实而又超越事实,以科学出发而又往往超乎现时科学知识的一种严谨的推理式想象。通过这种想象,我们学会以崭新的角度来考察一些我们习以为常的事物,进而探讨这些事物的确切含义和未来发展的可能性。优秀的科幻作品往往都具备这种特质,例如威尔斯(H. G. Wells)的《时间机器》(*The Time Machine*)探讨在未来世界中,体力和脑力劳动导致的极端阶级分化;欧威尔(George Orwell)的《一九八四》

(1984)探讨极权主义膨胀的可怕后果；赫胥黎的《美丽新世界》(Brave New World)探讨生物科技对人类本身的影响；阿西莫夫(Isaac Asimov)的《我，机械人》(I, Robot)则探讨机器思维对人类社会的影响等。

· **何谓"小说"？**

最后让我们看"小说"。"小说"之所以重要自不待言。我们一直以来不都是在谈论一种小说的体裁吗？但最明显的东西往往也最容易让人忽略。简单的道理是，一本好的小说未必是一本好的科幻小说，但一本好的科幻小说却必定是一本好的小说。

曾经有过一段时间，在科幻仍处于被人忽视和误解的边缘文化地位时，一些科幻迷提出了科幻小说无须遵从主流文学的艺术评审标准的观点。按照这种观点，科幻创作是别树一帜的。它处理的题材与主流文学所处理的完全不同，因此评审的角度也应自成一格。科幻所讲求的是主题上的新奇和精彩，而并非主流文学那细腻优美的文笔或多么深刻的心理描写。

老实说，笔者在少年时也有类似的看法，但时移世易，无论就笔者或科幻界而言，对这种看法已经有了很大的改变。不错，科幻创作确有其独特的地方，但作为一种文学体裁，也就逃不出我们对文学作品的优劣评定标准。简单地说，不管一本科幻小说中的科幻意念如何出色，如果其小说技巧拙劣（如缺乏起承转合、布局混乱、情节松散、人物刻板、文字生硬等），那么无论如何它也不是出色的科幻小说。（作为科幻迷，对这种情况当然会感到十分可惜。）

科学扎实、幻想出色、情节精彩，既富有娱乐性也富有探讨性，这便是优秀科幻小说的成功要诀。

·赏析:拉塞尔的科幻短篇《房间》(*The Room*)

▲ 拉塞尔(Ray Russell)的这个短篇故事"*The Room*"收入在1961年出版的"*Sardonicus and Other Stories*"之中。

为了加深我们对这些要诀的理解,笔者以下以拉塞尔(Ray Russell)一个不足2000字的英文短篇故事"*The Room*"来分析其作为科幻作品的成功的地方。拉塞尔不算是出名的科幻作家,但他这篇短小精悍的作品却写得甚为出色。

▲ 扫描此二维码可阅读拉塞尔(Ray Russell)这篇发表于1961年的短篇作品"*The Room*"

▲ 扫描此二维码可阅读"*The Room*"的中文翻译版本。(由本书作者李逆熵亲自翻译)

先从"科学"这个元素来看。注意科幻小说中的科学不一定指天文、物理、化学、生物等自然科学,或太空探险及电脑技术等尖端科技,它也可以指人类学、政治学、社会学和心理学等人文科学。以前者为主题的作品有时被称为"硬科幻"(hard SF),而后者则被称为"软科幻"(soft SF)。"The Room"以社会讽刺为主题,应可归入"软科幻"一类。

笔者翻译这篇小说时为它起了一个中文名称——昼夜相随,指的是故事中无处不在的商业广告。好,现在就让我们看一看这篇作品精彩在哪里吧。

充斥于小说中的各种广告伎俩不少都与科技有关,虽然大部分都不是什么高科技(例如"脚尖刚触到地板,房中的电视机立即亮了起来"As his feet touched the floor, the TV set went on.)之类,但其中有两个地方是很值得我们注意的,那便是整晚在床头开着的"梦中星"(all-night Sleepco)和"镜面每隔三秒便飞快地眨动一次"(the mirror flickered instantaneously once every three seconds)的"潜意广告"(sublims)。

所谓"梦中星",是作者从"睡眠学习"(sleep learning)这个意念引申出来的"科幻道具"。原来科学家发现,即使我们在睡眠状态之中,也可通过在我们耳畔不停地反复播放一些录音,使录音的内容在我们的脑海中留下一定的印象。曾经有过一段时间,人们兴奋地期待着"睡眠学习"时代的来临。可惜较深入的研究显示,这种学习方式的可靠性很低,而且最多只能适用于需要死记硬背的知识,而无法用于需要理解的知识。"睡眠学习"的热潮遂冷却下来。

一边睡大觉一边上学的梦想虽然落空了,但以这种方法来做广告似乎再适合不过。因为广告需要的并非理解,而是对某一商品的"难忘印象"。拉塞尔这招"梦中星"可谓神来之笔。

至于"镜面每隔三秒便飞快地眨动一次",以至故事主人公不久便在脑海中泛起了"茶味浓"那份"浓郁、温暖的享受"这段描写（Crane found himself suddenly thinking of the rich warm goodness of the Coffizz competitor, Teatang.），作者则利用了另一项心理学上的发现。

原来心理学家发现，当一些速度极高的影像在我们的眼前闪现时，我们虽然无法看清这些影像的内容（或者察觉它们的存在），但在潜意识中，这些影像却会渗透到我们的脑海里。如果这些影像反复多次地出现，它们则会在我们的记忆中留存下来，久而久之，我们的脑海中便会浮现出这些影像。

这确实是一种十分奇妙的现象，心理学中称为"潜意识认知"（subliminal cognition）。人们很快便察觉到这一现象在广告上的巨大潜质。著名科幻作家巴拉德（J. G. Ballard）便曾以此为主题写了一个名叫《潜意识的人》（The Subliminal Man）的短篇故事。但就笔者所知，这种宣传方法的"洗脑"成分太高，不少国家已禁止它的使用。

虽然是短短的故事，但作者已运用了两项在当时来说颇为新颖的科学知识。（呀！我是不是没有告诉你们小说写于何时？说出来你们可能会感到惊讶，小说写于1961年，距今已超过半个世纪！）所以我常常说，不是一个科学家就可以进行科幻创作，但你必须对科学的发展有敏锐的感觉。

看完了"科学"部分，让我们简短地谈谈小说中的"幻"。科幻中的"幻"，并非是完全凭空的杜撰，而是将现今世界中某种现象作出富于想象力的延伸。例如：如今的社会对电脑已是越来越依赖，照这种趋势发展下去，会不会有一天整个世界会由电脑管治？人类的平均寿命在过去数百年来已显著提高，

论尽科幻
突破导写与导读的时空奇点

而老龄化在社会上已引起了不少问题。如果将来人人都可以活到 120 岁,那么会带来怎么样的后果呢?在这个超级商品主义的社会之中,形形色色的广告已是无孔不入,照这种趋势发展下去,会出现怎么样的情况呢?最后这个问题,正是拉塞尔通过"The Room"这篇作品尝试回答的。

最后看看这个故事的小说技巧。作者至少运用了"颠覆性思维"和意料之外却又在情理之中的"惊奇结局"这两大技巧。让我们先看看"颠覆性思维":

"I can turn off the TV?"(我可以把电视关掉吗?)

"There ain't no TV. No phone neither."(这儿根本没有电视,也没有电话)

"No all-night Sleepco next to the bed? No sublims in the mirrors? No Projecto in the ceiling or walls?"(也没有整晚在床头开着的"梦里星"吗?镜中没有"潜意广告"?天花板和墙上也没有"投映乐"吗?)

'None of that stuff."(统统都没有)

Crane smiled. He counted out the rent into her dirty hand.(卡兰的面上露出了笑容,他把钞票一边数着一边交到妇人肮脏的手上。)

在今天,如果一间酒店或公寓没有无线上网(Wi-Fi)设施,肯定极少客人光顾。男主人公在查询后所作出的反应,绝对是颠覆性的。

至于"惊奇结局"方面,相信大家看至故事的结局时,都必然先感错愕,然后恍然大悟而发出会心微笑——

Crane left, still smiling, the key clutched in his hand.(卡兰紧

握钥匙，离去时面上仍然带着笑容。）

　　Mrs. Ferman picked up the phone and dialed a number. "Hello?" she said. "Ferman reporting. We have a new one, male, about thirty."（费曼太太从衣袋中拿出了手机，拨了一个号码。"喂，"她说，"费曼向总部报告，我们有新来的客人，男性，30岁左右。"）

　　"Fine, thank you," answered a voice. "Begin treatment at once, Dr. Ferman."（"好极了，费曼博士。"一个声音回答，"请立即开始治疗程序，谢谢。"）

　　对了，这种先引导读者然后笔锋一转的惊奇结局，正是作者故意安排的一种小说技巧。试想想，如果作者一开首便说："在21世纪，商品广告渗透到每个人的起居生活之中。任何人想抗衡这种趋势，都会被看成是反社会的分子……"那将会是多么俗套和大煞风景啊！

　　至于故事中讽刺广告无孔不入的各种幽默而辛辣的描写，当然亦是小说趣味浓郁的原因。我们就不在此一一赘述。

　　总的来说，这篇写于50多年前的科幻作品既无超人、外星人或机器人，亦无激光枪、太空飞船或时间机器，却是娱乐性与探讨性（甚至可说是批判性）兼备的作品，实在是很值得我们借鉴的。

　　怎样才算是优秀的科幻小说？通过上述例子，相信大家对这个问题的答案必定有较深刻的认识吧。但客观的分析始终不能取代主观的体验。只有当我们亲自阅读了大量各色各样的科幻作品，我们的鉴赏能力才会逐步提高，而有关科幻作品孰优孰劣的问题，自会无需分析便了然于胸。

1-4

科幻中的科学

——介于科学与想象之间

你或者会说，若要每一事物每一细节都如此符合科学，那还有什么空间可容纳我们的想象？所谓"科幻创作"不就成了自欺欺人的一回事吗？……

顾名思义，科幻小说是"科学""幻想""小说"的结晶。虽然我们不能以"科学"在字面上排于首位，就认为科学在重要性上居于三者之首，但科学成分对于科幻小说的重要性，显然毋庸置疑。然而，民间不少打着科幻旗帜的作品，正是在这一点上最为薄弱。

简单的逻辑是，作为一种文学体裁，出色的科幻小说本身必须是出色的小说。但反过来说，出色的小说却不一定是出色的科幻小说。其中的关键，当然是科幻小说中所包括的科幻意念，以及作者对这一意念的探讨和发挥。

从字面上看，所谓"科幻主题"，自然是"科学"与"幻想"所衍生的意念。其中有"科学"的部分，也有"幻想"的部分，在实际的创作中，两者必须紧密结合。而最高的境界，是达到天衣无缝、混为一体的地步。拙劣的科幻小说，往往在这一点上栽倒，也就是故事内容中的科学归科学、幻想归幻想，两者几乎毫不相干。

基于这一分析，本篇的主题虽然是"科幻中的科学"，但在讨论这些"科学"时，将不可避免地涉及科幻意念的范畴。当然，笔者会尽量分清其中的科学部分和幻想部分，从而使我们更清楚地看到它们在小说创作中的微妙关系。

·科幻小说与科技预测

首先要澄清的一点是，一些人以为科幻小说是一种"科技预测"（technological forecast）的智力游戏。不错，在过去一个世纪多的科幻作品中，不少预测都成为事实。其中最著名的有凡尔纳（Jules Verne）的《深海潜艇》，威尔斯（H. G. Wells）的《坦克、空战和激光》，根斯巴克（Hugo Gernsback）的《可视电话》，以及众多小说中有关太空飞行、电脑化、机器人和生物工程学等的描述。但我们要弄清楚的是，科技预测并非是科幻小说的任务，更不是科幻小说的终点。

更确切地说，科技预测充其量只能是科幻小说创作的起点，单单预测一项新科技无法构成一篇引人入胜的小说。真正引人入胜的是，深入探讨这项新科技将会带来的影响。近年来，人们对科技应用的日益关注，产生了一门称为"科技评估"（technological assessment）的研究领域。在某种意义上，不少优秀科幻小说所进行的正是一种"未来科技评估"（assessment of future technologies）的工作。但这种"评估"不能枯燥乏味，必须具有丰富的娱乐性。

论尽科幻
突破导写与导读的时空奇点

不过，不管在从事认真细致的"未来科学评估"，还是只想写一篇轻松有趣的科幻小品，我们都必须对科技和它的母体——科学，有一个基本的认识，否则构思出来的故事必会错漏百出，甚至根本不能成立。

·"卡砰"一声与激光横飞

举一个简单的例子。例如我们在一本科幻小说中读到一场星球大战的场面："敌方的一艘太空飞船被我们的光子鱼雷击中。"卡砰"一声炸了开来。"读到这样的描写，稍有科学常识的读者都必然报以嘘声。因为我们知道，声音必须有赖空气（或其他介质）来传播。太空中没有空气，又何来"卡砰"一声呢？

如果上述有违科学的描述，只是描述一场太空大战中出现也就罢了。但试想想，如果我们描述一个天才罪犯发明了一支能杀人于无形的声波枪，后来他逃到月球，并以这支枪在月球表面跟追捕他的警方火拼……这将是多么荒谬的一篇创作啊！

另一个最常被人忽略的有违科学的例子，是我们在"星球大战"式的电影中常常见到的"激光横飞"的场面。要知光线只有落在我们的视网膜之上才可被我们感受到；也就是说，一束激光在我们的眼前掠过的话，哪怕光束有多强，如果其间没有尘埃把光线散射到我们的眼中，我们将什么也看不到！太空中没有空气和尘埃，不管战斗如何激烈，如果用的是激光武器，那么我们应该什么也看不到。

可惜的是，好莱坞的科幻电影为了营造效果，都漠视上述的基本常识而到处"卡砰"并"激光横飞"！

再举另一个例子。不少 UFO（不明飞行物）目击报告中，都说所见的"飞碟"能够在极高速飞行时作接近 90 度的转弯。假设一本关于"外星人驾驶飞碟侵略地球"的科幻小说也作出同样的描写，并描述故事的主人公如何潜入其中一架飞碟并进行破坏。这里作者必须作出解释，为何主人公的血肉之躯，在飞碟急速转弯时不会被巨大的离心力压成肉酱？

・从地球到月球，凡尔纳犯错了

不要以为只有二三流的科幻作家才会写出有违科学的东西，即使是科幻大师也有失手的时候。其中最著名的，正与方才提及的加速度（离心力是加速度的一种表现）有关。

凡尔纳于 1865 年发表的《从地球到月球》，可说是描述人类如何以科学的方法前往月球的首部作品（我国的嫦娥奔月可说是以非科学方法"登月"的代表作）。凡尔纳构思的方法，严格来说也并不科学。

如何克服地球的引力冲向太空？凡尔纳当时其实面对两个选择——火箭推进与炮弹发射。当时的火箭技术较落后，而炮弹技术相对较为先进。凡尔纳对火箭推进没有信心，于是选择了后者。他没有深入考虑的是，要令"炮弹太空飞船"达到逃脱地球引力的速度，太空飞船发射时所产生的巨大加速度，将会把飞船内的人员压成肉酱！

声波和光线的传播，以及加速度的作用等，并非什么深奥的科学原理，但我们在创作时若不以科学的头脑考虑问题，便很容易弄出笑话，贻笑大方。

· 在月球上跳高

另外一例,月球表面的引力只是地球的 1/6 左右,这似乎是十分简单的一个常识。按此推算,一个物体在地球上受到重力为 600 牛,在月球上仅受 100 牛左右的重力。好了,假设一个跳高的好手,其在地球上的跳高纪录是 1.5 米,那么我们是否可以此推算,在一个"月球奥运会"上,他可以跳过 1.5 米 × 6 = 9 米的高度呢?

你若在一篇科幻小说中作出这样的描写,对不起,你可大错特错了。为什么?因为这名运动员是有身高的!也就是说,他在地球上越过了 1.5 米的高度时,并没有把他的重心提升 1.5 米。一个人的重心大概在他的胸腹之间。而假设这位运动员的重心离地 1.2 米,如果他以"背越式"的跳法越过 1.5 米时,其实只是将重心垂直提升了 0.3 米左右(为了方便,让我们暂时把因身体厚度所导致的高度差忽略不计)。

在月球上,运动员受到的重力只有其在地球上的 1/6。以同样的力量,他应该可以把重心垂直地提升到在地球上跳时 6 倍的高度,即 0.3 米 × 6 = 1.8 米。由于重心本身的高度是 1.2 米,即他可以跳越的高度只是 1.2 + 1.8 = 3 米,而非我们原先计算的 9 米!

· 坦克般大的蜘蛛

同样需要作出一点计算的是,科幻小说中有关物体变大和缩小的描述。先说变大,在 20 世纪 50 年代的一些好莱坞科幻电影里,曾描述一些体积细小的动物,由于受到核辐射的影响

第一部
导写篇

而变成庞然怪物。例如一只蜘蛛便可变得如坦克般大,并到处追噬人类。姑且不论核辐射的这种影响是否有科学根据,但大如坦克且走动自如的蜘蛛,本身便是有悖常理的一回事。

让我们先不考虑如蜘蛛这般复杂的物体,而只是考察一个简单的立方体。若我们把立方体的边长定为一个单位(这个单位的实际长度是多少并不重要),则立方体任何一面的面积自是等于 1 平方单位,而立方体的体积则是 1 立方单位。

你可能有点不耐烦了。这不是连小学生都懂的数学常识吗?且慢,让我们把这个立方体的边长扩大一倍看看。如今每个边的长度是 2 单位,但每一面的面积和整体的体积又如何呢?不错,即使是小学生也会算出,面积是 4 平方单位,而体积则是 8 立方单位。

若边长不是原来的 2 倍而是 3 倍,则面积会是原来的 9 倍,而体积则是原来的 27 倍。

无需再扩大下去,聪明的你应该已看出,一个物体的长度被放大 N 倍时,它的面积——包括表面面积或任何切面的面积——将会放大到 N 的二次方倍,而体积则会放大到 N 的三次方倍。还有的是,这一关系并不受物体形状的影响。物体可以是立方体、球体、锥体、不规则体,甚至是一只蜘蛛!

好了,就让我们回头看看这只可怕的蜘蛛。假设蜘蛛的长度被扩大了 100 倍,你有没有想过,它的体积不是原来的 100 倍,而是 "100 × 100 × 100" 得出的 100 万倍!假设蜘蛛的平均密度(即构成的物质)不变,它的体重也应该是原来的

100万倍。不错，支撑起这一体重的八只蜘蛛脚也被扩大了，但每只脚的横切面积是原来的多少倍呢？只是"100 × 100"得出的1万倍。简单的结论是，以增加至1万倍的承托面积，来支撑增加至100万倍的重量，这只蜘蛛定会被自己的重量压垮，哪还可以四处噬人？

也许你会争论说，方才认为蜘蛛的平均密度不变这个假设可能不成立。可能密度降低了，因而体重没有增加得这么多？但以原来1万倍的承托面积支撑100万倍的重量，你知道密度要降低多少？如此"稀薄"的一只蜘蛛，恐怕要探测到它的存在也会十分困难呢！

也许组成蜘蛛的物质在扩大的同时变得异常坚固呢！你可能仍不肯放弃并提出这个假设。但不要忘记，变得坚固一般表示密度更大，即蜘蛛的体重将变得更大！此外，如此坚固的物质已没有可能是血肉之躯。我们倒不如构思一只由钢铁制造的机械蜘蛛好了！（老实说，要让今天的科学家制造一只如坦克般大而走动自如的钢铁蜘蛛，在承托方面可能也很成问题呢。）

上述有关物体大小与其面积、体积比例变化的关系，便是有名的"平方、立方定律"（Square Cube Law）。它解释了为什么在自然界中，我们找不到如大象般巨大的蚂蚁，或是像蚂蚁般细小的象形生物。

·神奇的旅程：缩形术的问题

谈到像蚂蚁般小的象形生物，让我们继而看看科幻小说中有关物体缩小的描述。其中最著名的当然是描述把人和潜艇都缩小到细胞般大,然后人驾着潜艇漫游人体内部的 20 世纪 60 年代的科幻电影《神奇旅程》(*Fantastic Voyage*)。不过,对于较为年轻的朋友,较为熟悉的可能是这部电影 20 世纪 80 年代版的《惊异大奇航》(*Inner Space*)。

经典科幻电影《2001 太空漫游》的原作者是科幻大师克拉克(Arthur Charles Clarke),这是不少科幻爱好者都知道的。但较少人知的是,差不多在同一时间(1968 年)上映的《神奇旅程》,参与剧本制作的同样也是一位科幻大师——阿西莫夫(Isaac Asimov)。阿西莫夫除了把剧本改写为小说出版外,更在他的一篇科学散文中,详细地分析了小说背后的科幻知识。这篇文章,可说是说明科学思维对科幻小说的重要性的最佳教材。

在文章中,阿西莫夫问:"科幻小说中的缩形术(miniaturisation)在科学上能否说得通呢?"

从最基本的概念出发,他认为要把一个人缩至一只蚂蚁的大小,原则上可以有三种方法:

(一)**压缩法**:即原来组成这个人的物质全然保留,而这个微型人将有数十千克重,密度比金还高。不用说这是完全行不通的方法。

(二)**减缩法**:即把绝大部分的物质拿走,而微型人的最后质量,将会跟一只蚂蚁差不多。但问题是,我们若在细胞的水平上把物质拿走,则脑细胞大减的微型人将变成"白痴";若我们在分子的水平把物质拿走,则一些生化反应根本无法进行。两者的结果都一样：废人一个。

（三）**全缩法**：即把组成我们的分子、原子，甚至更小的基本粒子都一并缩小，令它们的固有质量皆按比例减小。姑且不谈这种微缩技术在科学上是否有可能，但它似乎是唯一能够让微型人不变成"白痴"并能正常活动的方法。按照阿西莫夫的解释，无论是电影还是小说中所描述的缩形术，都是基于这种全缩法的构思。

但阿西莫夫随即问：按照这种全缩法缩形的人，真的能够正常地活动并驾驶潜艇漫游人体吗？他的答案很简单："不可能！"

理由之一，是生物体的散热速率，与其面积、体积比例（surface to volume ratio）成正比。由于"平方、立方定律"的作用，缩形人的面积、体积比将大大增加，即他会因散热太快而无法保持正常的体温。这对冷血动物来说当然不是问题，但对恒温动物的人类来说却是个严重的问题。

理由之二，是电磁辐射波的接收器（例如无线电望远镜、光学望远镜以及我们的眼睛）的分辨能力（resolving power）与接收器的接收面积成正比，而与入射电波的波长成反比。这正是无线电望远镜较光学望远镜巨大得多的原因。由于无线电波的波长较光波长很多倍，因此要达到一定的分辨率，接收器必须是庞然大物。

回到我们的微型朋友身上。假设他被缩至接近细胞的大小（否则他如何能漫游人体内部呢？），则他的瞳孔直径可能只有数千万分之一毫米。透过如此细小的接收面积观看事物，在可见光波段的分辨率必然低得可以。这位可怜的微型朋友，所见到的将会是一片朦胧，跟瞎了没有区别！

在阿西莫夫的原文中，还给出了理由之三、之四……至此我们已经清楚了解，科学思维在科幻小说中是何等的重要。

·科幻创作中的限制与超越

你或许会说，若要每一事物每一细节都如此符合科学，那还有什么空间容纳我们的想象？所谓"科幻创作"不是成了自欺欺人的一回事吗？

错了！注重科学细节并不表示我们不能进行幻想。小说情节不能贸然违反现有的科学原理，并不表示我们不能在想象中超越现有的科学原理。事实上，尝试在想象中超越现有的科学原理，往往是科幻创作中最为引人入胜的一部分。

之所以说"往往"，当然是因为不少优秀的科幻作品完全不用做出这样的尝试。例如我们描述人类如何进行火星移民，或是小行星撞地球如何引起全球大灾难，便可以完全以现有的科学原理出发，而无需虚构一些未知的科学原理。但另一方面，我们若要描述反重力的运输系统、超光速的星际飞行、人类寿命的无限延长、时间旅行、隐身术，或方才谈过的放大和缩小的技术等，那么我们就有必要虚构一些新的科学知识或科学理论,以解释上述有违现今科学理论的事物为什么在将来会成为可能。

要虚构出一套有说服力的"未来科学理论",当然不是一件容易的事情。你甚至会说,我如果能够圆满地解释隐身术如何实现,我可能已经发明了隐身术,而不是在写科幻小说了。

这个非难可说不无道理。事实上,纵观百多年来的科幻小说,认真地从事"未来科学理论建构"的可说少之又少。小说中的"超能科技"固然需要一定的解释,但这些解释大多属于合理化（rationalization）的描述,而非理论建构（theory building）的伟大尝试。

·科幻创作中的软硬兼施

在某一意义上,科学化解释（scientific rationalization）的多寡是分辨硬科幻和软科幻的指标之一。对硬科幻爱好者而言,小说中科学化解释正是科幻小说中最引人入胜的地方,是阅读乐趣的主要源泉。但对软科幻爱好者来说,这些都是无关紧要的,可有可无的东西,他们关心的是科幻意念的心理、伦理和社会的引申。就以刚才提及的隐身术为例,硬科幻爱好者感兴趣的是这种技术的理论根据,而软科幻爱好者感兴趣的则是隐身术所会带来的心理、伦理和社会影响。

科幻小说的任务是"探讨新科技所会带来的影响",似乎是站在软科幻爱好者的一边;但接下来的讨论(声波传播、加速作用、月球跳高、放大缩小等),却又似乎十分注重小说中的科学性,从而较为接近硬科幻爱好者的要求,究竟笔者是"倾软"还是"倾硬"呢?

其实笔者想指出的是,真正优秀的科幻作品都必然是"软硬兼施"的。所谓"软",就是要有探讨性;所谓"硬",就是要有科学性。探讨性要照顾科幻意念(如隐身术)的社会影响(如引起的隐私和治安问题),而科学性则要照顾这一意念的科学性(如透光的视网膜无法形成光学影像,隐形人如何看得见东西?)两者是缺一不可的。

"科幻中的科学"其实是一个极其丰富多彩的议题,写再多文字也无法解释清楚[如阿西莫夫的"机器人学三定律"(The Three Laws of Robotics)和"心理史学"(psychohistory)便可以写满一本书。]如今唯有附上一份"科幻意念创作点子",希望各位能同时以"软"和"硬"的角度去考虑每一个意念。说不定它们能有助于你激发出一些出色的科幻创作呢!

【附录：科幻意念创作点子】

- 太空探险、太空工业化、太空军事化、太空殖民

- 太阳能收集站、奥尼尔式太空站、太空升降机

- 星际航行、超光速、星际殖民、星球大战、银河帝国

- 外星生命、外星人、与外星人沟通、外星文明、外星侵略

- 环境改造、人工控制天气、环境战争、行星改造、宇宙工程

- 可控核聚变、新能源、新材料、元素蜕变、物质循环

- 人工光合作用、肉类培育

- 海洋开发、海上城市、海底城市、海洋畜牧、海洋农场、海洋殖民

- 隐形术、缩形术、穿墙术、光波输送

- 超感心理现象：心灵感应、传心术、预知未来、意念、意念浮悬、超时空转移

- 情绪控制、思想控制、行为控制、大脑移植、脑体分离

- 长寿、回春、人造冬眠、长生不老

- 生物医学工程、基因工程、复制人、改造人、人造生命

- 超级智能、超人、超能动物

- 超级电脑、人工智能、网络苏醒

- 机器人、人机结合、机器进化

第一部 导写篇

- 力场、反重力
- 黑洞、虫洞、超时空之旅
- 时间旅行、因果悖论、改变历史
- 超次元空间、多元宇宙
- 人口爆炸、资源枯竭、环境污染
- 全球暖化、气候灾变、生态崩溃
- 核战争、生物战争、化学战争、电子战争、信息战争
- 全球瘟疫
- 文明崩溃、文明倒退、文明重建
- 天体撞击、宇宙灾变
- 纳米科技、奇妙的发明、可怕的发明
- 乌托邦、反乌托邦
- 虚拟现实、虚幻与真实
- 语言与现实
- 历史的规律
- 未来的社会制度、未来的经济制度
- 未来的政治制度、国际形势
- 未来的艺术、宗教、教育、娱乐、体育……
- 人类未来的进化、人类与宇宙的最终归宿

1-5 发扬科幻中的批判精神

> 作为一种消闲的读物，科幻小说必须带有趣味性。然而，科幻小说既以科技发展对人类的影响为题材，它又必须具有探讨性……

［笔者于 1997 年 7 月出席 "九七北京国际科幻会议"，以下是我在会议上的发言。］

对于不熟悉科幻小说的人士来说，"九七北京国际科幻会议"的主题定为"科学、科幻、和平与发展"可叫他们丈八金刚摸不着头脑，甚至令他们感到主办方故作高调。但对于热爱而又熟悉科幻小说的朋友，当然知道科幻小说除了趣味的一面，还有它锋锐的探讨性，甚至批判性的一面。把科幻小说与现代化、信息化、环境、自然和人（会议将逐一讨论的题目）等"严肃"的议题扯在一起，实在不足为奇。

·科幻小说在社会的存在意义

虽然科幻小说可以具有深刻的批判性,却不表示如今充斥在市面的作品都具有这种特质。与此相反,就笔者粗略地观察,科幻小说的批判性,无论是政治的、社会的、文化的,还是哲学的,近年来都有下降的趋势。这是一个令人忧虑的现象。这种趋势若发展下去,科幻小说将会丧失它的社会活力,而最终沦为一种小圈子的兴趣。从这个角度看,这次国际科幻会议以高姿态把主题定于"科学、科幻、和平与发展"的层次,突显科幻小说的探讨性和批判性的社会功能,我们备受鼓舞。

笔者并不反对趣味性。事实上,现代科幻小说之父凡尔纳(Jules Verne)以趣味为主的所有作品,都曾经是我珍贵的精神食粮。直至今日,我仍然认为它们具有很高的价值。而科幻小说在离开它的诞生地和跨越英吉利海峡后,确实发展到一个更高更成熟的境界。威尔斯(H. G. Wells)的作品固然具有趣味性,但更为令人珍视的是,它们的探讨性和批判性。

主流文学固然也往往具有探讨性和批判性,但它的视野主要定于现在和过去,其探讨人与人之间的关系多于科技与社会之间的关系。科学这股强大的塑造力量,可说是主流文学中的一个盲点。作为一种新兴的文学体裁,科幻小说正好弥补了主流文学在这方面的不足。

无论是《时间机器》(*The Time Machine*)、《宇宙战争》(*War of the Worlds*)、《隐身人》(*The Invisible Man*)、《莫洛博士岛》(*The Island of Dr. Moreau*)、《诸神的食粮》(*Food of the Gods*),还是《睡者醒来的时候》(*The Sleeper*

Awakes），威尔斯的作品都较凡尔纳的作品富有探讨性和社会意识。继承这一传统的，有著名的"20世纪三大反乌托邦小说"：扎米亚京（Yevgeny Zamyatin）的《我们》（We）、赫胥黎（Aldous Huxley）的《美丽新世界》（Brave New World）和欧威尔（George Orwell）的《一九八四》（1984）。我相信绝大部分人都会同意，这些作品可说是科幻界的骄人之作。

·不应止于娱乐大众

但问题是，其中最新的一本《一九八四》发表至今也将近50年。纵观20世纪下半叶，它们的继承者是谁呢？

在20世纪50年代，我们仍然可以找到如冯内果（Kurt Vonnegut）的《自奏的钢琴》（Player Piano）、布莱柏利（Ray Bradbury）的《华氏451度》（Fahhrenheit 451），以及波尔（Frederik Pohl）和康布勒夫（Cyril Kornbluth）合著的《太空商人》（The Space Merchants）等富有社会批判性的作品。

在20世纪60年代，对传统道德观念挑战的有海莱因（Robert A. Heinlein）的《异乡中的异客》（Stranger in A Strange Land）和伯吉斯（Anthony Burgess）的《带发条的橘子》（A Clockwork Orange）。对人口过剩和环境污染敲响警钟的则有哈里森（Harry Harrison）的《让开！让开！》（Make Room! Make Room!）和布鲁诺（John Brunner）的《站在桑给巴尔》（Stand On Zanzibar）等作品。此外，还有狄克（Philip K. Dick）的众多探讨虚幻和真实的对立，以及个人与建制间的对立的精彩作品。

事实上，西方科幻界在20世纪60年代出现了所谓"新浪潮"（New wave），其倡议者除了在创作风格上追求创新外，在内容上也力图打破以往的禁区和藩篱，鼓吹批判社会甚至反建制的精神。科幻创作曾因而被灌以一股新的活力。

20 世纪 70 年代的科幻创作，很大程度上是 60 年代"新浪潮"的延续。布鲁诺以生态崩溃为题的《羊抬头看看》（The Sheep Look Up），可说是《站在桑给巴尔》的续篇。哈德曼（Joe Haldeman）的《千年之战》（The Forever War）和《恶贯满盈》（All My Sins Remembered）是尖锐的反战作品。而波尔（Frederik Pohl）的《杰姆星》（Jem）则对国与国和人与人之间的永恒猜忌作出了深刻的讽刺。

此外，20 世纪 70 年代还出现了一个可喜的现象，就是在传统纯男性的科幻世界里，冒出了一些优秀的女性作家。其中如勒奎恩（Ursula Le Guin）所写的《无处容身》（The Dispossessed）以及露斯（Joanna Russ）所写的《雌性的男人》（The Female Man），都是批判性科幻作品中的杰作。

可惜的是，踏进了 20 世纪 80 年代，随着全球性的保守主义回归，科幻小说的社会批判锐气也日渐消减。曾于 20 世纪 60—70 年代被认为过时的"硬科幻"再次抬头。启其端的可说是福沃德（Robert Forward）的《龙蛋》（Dragon's Egg）。接下来的这十多年，谢菲尔德（Charles Sheffield）、福尔德（Robert Forward）、贝尔（Greg Bear）、巴克斯特（Stephen Baxter）、布林（David Brin）、斯科特·卡德（Orson Scott Card）、彻里（C. J. Cherryh）、文奇（Vernor Vinge）等较活跃的作家，大多向旧式的"史诗式科幻"（epic SF），甚至"太空阔幕剧"

（space opera）回归。那时像《华氏451度》《带发条的橘子》《无处容身》等富有探讨性和批判性的作品，已很难在书店中找到了。

没错，20世纪80年代出现了所谓"电脑崩"（cyberpunk）的潮流，在一定程度上探讨了电脑科技日益发达对人类的影响。但就笔者看来，这些作品大都哗众取宠有余而认真探讨不足，与优秀科幻作品中的社会批判性仍有一段颇大的距离。

在此必须指出的是，笔者其实是一个硬科幻的爱好者，而刚才举例的《龙蛋》，其实是我最喜爱的科幻小说之一。由是之故，硬科幻在20世纪80年代的卷土重来，对我来说是很矛盾的一回事。应该这么说，我希望人们更多地从事硬科幻的创作，但我更希望看见人们重拾批判科幻的旗帜，发扬科幻创作的社会批判精神。

比起西方科幻的百多年历史，中国的科幻创作可说仍在发展的阶段。但早于1932年，中国便已出现了一本极富批判意识的出色科幻作品。它便是老舍所写的《猫城记》。

·中国的科幻未来

《猫城记》发表至今已大半个世纪，正如我在上文中的提问：它的继承者是谁呢？

可能笔者孤陋寡闻，至今仍未发现可以真正继承《猫城记》的作品。最接近的，可能是台湾作家叶言都的《海天龙战》。其中收录的多篇作品，如《高卡档案》《绿猴劫》《我爱

第一部　导写篇

▲ 福沃德（Robert F. Forward）的《龙蛋》（*Dragon's Egg*）是其中一本笔者喜爱的"硬科幻"作品

▲ 台湾作家叶言都的《海天龙战》让人看到了中文科幻里薪火不灭的批判精神

1-1 什么是科幻小说
1-2 科幻小说是文学吗
1-3 优秀科幻创作举隅
1-4 科幻中的科学——介于科学与想象之间
1-5 发扬科幻中的批判精神
1-6 科幻之沉思——超然视角与"人文关怀"之间的张力
1-7 绿色科幻巡礼
1-8 科幻中的未来医学
1-9 攀登科幻的高峰
1-10 科幻十题——创作题材脑震荡

论尽科幻
突破导写与导读的时空奇点

温诺娜》等，让人看到了中文科幻里薪火不灭的批判精神。

毋庸讳言，这种精神之所以未能发扬光大，是因为过去数十年来，科幻在中国主要被看作为普及科学的工具，而并非刺激思维和探索社会状况的工具。但我们也不要忘记西方科幻的状况，即使不存在任何创作上的禁制，仍然无法保证批判精神能得到继承和发扬。事实上，在高度商业化的社会里，写一些纯以趣味取胜而不需要读者思考的作品，往往更能赚钱。美国作家安东尼（Piers Anthony）便曾坦白地承认，他由创作科幻转而撰写大量纯幻想（fantasy）小说，就是因为后者更易写且销量更大。

到了 21 世纪，中国正在经历着举世瞩目的现代化过程。究竟什么是"现代化"？现代化与科技发展之间存在着怎样的辩证关系？"现代批判"与"科技批判"的最终目的是什么？凡此种种，都是亟待我们深入思考和探索的问题。学术分析对此固然重要，但要唤起普罗大众对这些问题的关注，科幻小说往往更为直接有效。

我谨在此呼吁，在不失趣味性之余，科幻小说应该肩负起它的社会功能。在 21 世纪前夕举办的这次"北京国际科幻会议"，让我对这方面的发展点燃了新的希望。主办方是否真的"故作高调"，就要看我们往后能否多写出些既富有趣味性又富有探讨性的优秀作品了。

1-6

科幻之沉思
——"超然视角"与"人文关怀"之间的张力

> "我们不应只看到现实世界是个什么样子,还必须看出世界应该是(或可以是)什么样子,并以大无畏的精神追寻这个理想中的世界。"……

2011年7月22日,笔者怀着兴奋的心情前往香港湾仔会议展览中心,为的是聆听刘慈欣主讲的一场"名作家讲座"。这场讲座名为"以科幻的眼睛看现实"。在讲座中,大刘(读者对他的昵称)进一步把这个题目分为"从科幻的角度看经济与环境"和"从科幻的角度看政治与社会"这两个子题目。

有关前者,笔者曾撰写一篇名为《从刘慈欣的慨叹到Wall-E的震撼》的文章以表达我的观点,而大刘也以电邮作出了回应。本文的要旨,在于探讨讲座的第二部分:从科幻的角度看政治与社会。

论尽科幻
突破导写与导读的时空奇点

首先要交代的是，在讲座之后的发问时间，第一个子题目没有引来多少问题。至于第二个子题目，则引起了不少在座听众的尖锐提问，这些问题包括：

- 《三体》（刘慈欣最著名的作品之一）中以"族类生存为先"的大前提，是否有违康德（Immanuel Kant）所提出的"最高道德律令"（categorical imperative）？（以笔者的理解，这道律令的核心精神是："人永远只应被看作为目的而非手段。"）

- 你的作品中似乎在宣扬一种斯宾塞式的"社会达尔文主义"，这是你本人的信念吗？

- 你的作品中往往透露出很强的"技术主义"（technocratism）的倾向。你认为技术真的可以解决一切问题吗？

老实说，这些问题可谓深得我心。我本打算从"人文关怀"的角度请教大刘，但几位年轻人的提问与我的问题基本上如出一辙，为了留下较多的时间给其他人提问，于是我没有举手提问。（我与香港科幻会一众会友将于第二天接待大刘，因而有机会向他直接提问。）

·科幻创作中的"超然视角"

在大刘的讲座之中，除了他提出的"人类已经放弃了太空而把未来寄托于环保"的声称令我震撼外，讲座中给我留下深刻印象的还有两点：其一是他借用了西方短篇科幻经典《冷酷的和平》（The Cold Equations）以说明宇宙是冷酷无情的，违反了大自然的规律就要付出沉重的代价，甚至要赔上性命；其二是他以"历史微积分"指出人类的文明不断发展，而只能活在此时此刻的我们，原则上不可能理解未来人类的世界观价值观，因此也不可能理解他们所作的取舍，唯一不可违逆的是整个族类的生存，因为没有了生存便什么也不用谈了。

当然，在讲座中，由大刘所设计和展示的一幅类似"S 曲线"（又称"sigmoid curve"或"逻辑斯缔方程"）的图，主要用于说明科幻创作中的矛盾关系：科幻以想象和探讨未来为己任（至少绝大部分作品如是），那么它要做的正是一个原则上没有可能的任务（mission impossible）——去描述一些超乎我们现在想象与理解的东西！

在历史哲学的探究中，我们其实也碰到同样的问题——历史里的人和事既已消逝，我们凭什么来判断当事人哪些决定是对？哪些决定是错的呢？

史学中有一个带有颇强贬义的称谓——辉格式史观（Whig History，辉格党是英国 17—19 世纪期间一个重要的国会党派），也就是无视某一历史阶段的种种环境和思想制约，包括气候生态上的、物质资源上的、文化传统上的、社会结构上的、宗教上的、工艺水平上的，以及各种"潜规则"上的制约，而纯粹以现代人的价值和观念来评价过去。由此引申而来的一种观点，那就是过去每一阶段的历史发展，都是达致今天状态所必须经历的。

把这种观点作进一步的引申，我们便得出了著名的"潘格罗斯式乐观主义"（Panglossianism），即"我们所处的世界已经是最好的了"（We are living in the best of all possible worlds.）。这种观点最为人所熟知（也因此而得名）的是，来自由法国文豪伏尔泰于1759年所写的一本小说《憨第德》（Candide, ou l'Optimisme）。2009年陈冠中所写的"反乌托邦"小说《盛世》，封面就用了伏尔泰的名言：**"在所有可能的世界中最好的一个世界里，一切都是最好的。"**（当然，这是陈冠中带着嘲讽意味的引用，寓意是我们必须时刻自我警惕，不要堕入"潘格罗斯式乐观主义"，特别是别人制造的陷阱。）

好了，我们将大刘上述两张图加起来，似乎得出一个结论——科幻在尝试"探究未来"这个"不可能的任务"之时，绝不能以现代人的价值和观念作出评价，否则的话，我们只会写出"辉格式"的拙劣作品；唯一可以作出的评价，便只有整个族类的存亡这一点。理由正如上述："没有了存在便什么也不用谈了。"对于这个观点，我称之为科幻创作中的"超然视角"。

表面看来这十分有道理。但在我心中立刻出现的问题是："那么所有伟大文学作品所包含的人文关怀呢？"

·科幻创作中的"人文关怀"

简单的逻辑是，所谓"人文关怀"，当然只是历史的产物，而且在不同的历史时期，其具体内容自然会有所不同。把今天我们认同的"人文关怀"放到关于未来（特别是遥远的未来）的故事里，当然是一种"辉格式"的错误。

但问题是，没有了人文关怀，作品还怎么能够引起读者的共鸣呢？

▲ 西班牙文豪塞万提斯（Miguel de Cervantes Saavedra）的名著《堂吉诃德》（*Don Quixote*）

所谓"人文关怀"，是指对人生的目的、价值和意义的不断探问，以及对"真、善、美"的不锲追求。西班牙文豪塞万提斯（Miguel de Cervantes Saavedra）的名著《堂吉诃德》（*Don Quixote*）之所以留存后世备受推崇，除了他在文学上的价值外，还有其在书中所作的呼唤：

"我们不应只看到现实世界是个什么样子，还必须看出世界应该是（或可以是）什么样子，并以大无畏的精神追寻这个理想中的世界。"

在网络上大热的哈佛大学教授桑德尔（Michael Sandel）的讲课录像，其内容被整理到书籍《正义，怎样做才正确》（*Justice – What is the Right Thing To Do?*）之中，桑德尔雄辩地指出：

"我们必须郑重地回应亚里士多德的呼吁而恢复对'美

德'(virtue)的追求。相反,如果我们以为美德纯粹只是一种个人的选择,而不再与现代人的道德有任何相干之处,那么我们的社会最终会掉进'道德相对主义'(moral relativism)的泥沼之中。"

上述的讨论其实是千百年来哲学中有关"绝对主义"(absolutism)与"相对主义"(relativism),特别是"道德相对主义"的延续。

一个连中学生也懂得的矛盾关系是:"'绝对真理'是不存在的。"这句话究竟是否绝对的真?(如果"是"它便会立刻自我否定!)如果不是,那么世间那些"绝对真理"的话又可以拿什么来验证?如果说有些终极的真理是无须验证的,那么又是谁说了算呢?"绝对真理"和"独断论"又如何能划分清楚?

而从文学关怀的角度看,问题可被转为:"世间有恒久而又弥足珍贵的'人性'吗?"

按照"超然视角"的观点,人性之为物,当然也是历史的产物,因此也是不断演变的。唯一不变的是,族类继续存活这个无可争辩的原则。《三体》这部巨著所隐隐透露着的,正是这样的一种观点。

但族类的继续存活真的是最高的原则吗?举一个极端的例子:假设全人类已被一个科技远远超越我们的外星族类所征服,而且世世代代被他们囚禁饲养,以供他们食用、狩猎和实验,而任何反抗都会立刻招致灭族。在这种情况下,"整个族类的生存"是否仍是至高无上的目的呢?

第一部
导写篇

▲ 陀思妥耶夫斯基（Dostoevsky）小说《白痴》（The Idiot）

陀思妥耶夫斯基（Dostoevsky）在小说《白痴》（The Idiot）中则提出了以下的道德难题：**"如果要一个无辜的小孩永恒地饱受折磨，可换来全人类长久的幸福，我们会选择这样做吗？"**

以笔者之见，所有这些，正是大刘讲座之后，听众们纷纷提问背后的思考。这的确是一个很大的矛盾关系。优秀的科幻作品一方面要有"超然视角"，另一方面又要有深刻的"人文关怀"。这正是鱼与熊掌，两者如何可以兼得的问题？

在较低的层次，一个类似的矛盾关系是"超然与人文"与"陌生与熟稔"两种写作手法之间的矛盾。

·出色科幻创作之具备条件

优秀的科幻创作必须带有某种程度的迥异和陌生感,但我们若严格遵守这一要求去描述一些发生在未来的事情,读者便根本无法理解,也就难以让读者产生共鸣。例如我们撰写一个基于"未来爱情观"(假设与今天的相差很远)的未来爱情故事,你知道有多少人会感兴趣阅读?更简单地说,我们知道即使是同一种语言,古人的运用跟现代人有很大区别,不用说很远,莎士比亚时代的英语(所谓 Shakespearean English)跟今天的英语便大为不同。我们若是认真地进行科幻创作,可以自创一套已经演化得面目全非的"未来语言",然后以这套语言来进行创作。但如此一来,读者只会不知所云、趣味索然。

这里必须指出,两个矛盾关系("超然与人文""陌生与熟稔")主要针对的是长篇小说,短篇小说因可标榜"以奇趣为先"而避过这一矛盾。例如波尔(Frederick Pohl)便曾经写过一个发生在遥远未来的"爱情故事"——《百万日》(Day Million),其中的"爱情"已非我们所能理解。[其实在长篇小说里进行类似的尝试,较着名的有伯吉斯(Anthony Burgess)在《带发条的橘子》(Clockwork Orange)中所创的"Nadsat"语言,而赫伯特(Frank Herbert)创造大量"未来词汇",并在书末编撰了好像字典一样的"词汇解释",这当然大大增加了小说的拟真性和趣味性。]

▲ 波尔（Frederick Pohl）曾撰写一个发生在遥远未来的"爱情故事"——《百万日》（*Day Million*）

▲ 伯吉斯（Anthony Burgess）的著作《带发条的橘子》（*Clockwork Orange*）

· 两者兼具的西方优秀著作

面对那些离奇境界，赫胥黎（Aldous Huxley）在《美丽新世界》（Brave New World）中的处理可说是一个经典。在故事所描述的未来世界里，无论社会制度、价值观念、风俗习惯，以及人们的思想和感情，都和我们的大相径庭。显然，如果作者只描写这个世界中发生的一些事情，那么对读者的吸引至多只会停留在"奇趣"的层面。使它变成伟大作品的是，小说中那个因为坚守"原始感情"而被看作为"野人"（the Savage）的角色设定。这个野人所代表的，正是我们所最为珍视的"人性"和由此衍生的"人文关怀"。结局中野人自缢后的尸体像钟摆般一时荡向东、一时荡向西的场景，既令读者不禁唏嘘，也引发起我们对文明和人性的深刻反思。

在西方的科幻作品里，采用超然视角而成就斐然的名著着实不少。英国作家斯特普里顿（Olaf Stapledon）于20世纪30年代所写的《最先与最后的人》（The Last and First Men）是其中的佼佼者。故事的时间跨度从今天到20亿年后的未来（我说"今天"并没有错，因为出版于1930年的这本书一开始便讲述影响全球的"中美争霸"！），其间描述了整整18个不同人类种族盛衰（今天的人类只是刚起步的"第一个种族"）！可以这样说，虽然近一个世纪过去了，科幻创造也在不断向前发展，但迄今却未有一部作品能够在气魄和视野上跟这本奇书匹敌。

英国天文学家霍伊尔（Ford Hoyle）的小说《黑云》（The Black Cloud）描述了一团星际物质闯进太阳系造成灾难，而后来才发现这"黑云"乃是一种远远超乎我们想象的高度智慧生物，

▲ 赫胥黎（Aldous Huxley）的《美丽新世界》（*Brave New World*）

▲ 斯特普里顿（Olaf Stapledon）的《最先与最后的人》（*The Last and First Men*）

论尽科幻
突破导写与导读的时空奇点

这是我最为钟爱的科幻作品之一。它的超然角度在于，人类中的一个科学家曾经努力尝试利用无线电波跟这团"黑云"沟通，而"黑云"也已尽量作出配合，但由于彼此间的心智发达程度相差太远，这个科学家最后因为思想过载心力交瘁而死。

我另一个至爱的作品是更为人熟知（因为曾两度拍成电影）的波兰科幻大师莱姆（Stanislaw Lem）的杰作《索拉里斯星》（Solaris）。故事中异星海洋的超能力与超道德的行为是超然视角的最佳发挥之一；而男主角对亡妻复活的复杂感情以及不肯接受宇宙间有超乎理解事物存在的理性执着，则是人文关怀之所在。（同样以不同智慧族类无法达致沟通为题材，莱姆较后期发表的作品则把超然视角发挥得更淋漓尽致。）〔本书2-5 有对《索拉里斯星》更详尽的赏析〕

因篇幅关系，笔者无法对威尔斯（H. G. Wells）的《时间机器》（Time Machine）、《未来的模样》（The Shape of Things to Come）,斯特普里顿（Olaf Stapledon）的《恒星缔造者》（Star Maker）、刘易斯（C. S. Lewis）的《寂静的行星之外》（Out of the Silent Planet）、斯特鲁伽茨基兄弟（Strugatsky Brothers）的《路边野餐》（Roadside Picnic）、《肯定或者》（Definitely Maybe），以及克拉克（Arthur C. Clarke）的《童年的终结》（Childhood's End）、《2001太空漫游》（2001 A Space Odyssey）和海莱因（Robert Heinlein）的《异乡中的异客》（A Stranger in Strange Land）等作品逐一进行分析。而我想在这里特别一提的是，阿西莫夫（Isaac Asimov）的两个著名中篇作品《日幕》（Nightfall）与《丑小孩》（The Ugly Little Boy），分别是基于超然视角与人文关怀的两篇杰作。

第一部 导写篇

▲ 霍伊尔（Ford Hoyle）的小说《黑云》（*The Black Cloud*）

▲ 吉布森（William Gibson）的小说《神经浪游者》（*Neuromancer*）

论尽科幻
突破导写与导读的时空奇点

　　自 20 世纪 80 年代以来，随着电脑科技的突飞猛进，科幻界出现由吉布森（William Gibson）的小说《神经浪游者》（*Neuromancer*）为代表的所谓"赛博朋克"（cyberpunk，又称作"电脑崩"）潮流。将这一潮流作进一步引申，便出现了"人机结合"（man-machine amalgamation）与"科技奇点"（technological singularity）这些观点。也就是说，随着人工智能的不断发展，它终有一天（可能就在本世纪）超越人类；而人类为了不被淘汰以及提升自己和追求永生，最后唯有与机器结合起来（无论是肉身上还是心灵上）。到了那个时候，我们的心智能力、思想和感情都可能变得面目全非，以至我们今天所认知的人类已名存实亡。

·"奇点"与"人性"的探讨

　　这是下面要探讨的最尖锐的主题。以笔者之见，即使"奇点"真的出现了，其后仍会有"人文崩坏"这个议题，只是那时的"人"以至他的"人性"已不是今天的我们所能理解的。这当然正是"奇点"这个词的意思——它是借用了黑洞物理学所推断的、存在于黑洞中心的"时空奇点"，因为到了这个点，人类一切已知的理性分析工具皆会失效。

　　其实早于 20 世纪 60 年代，科幻大师克拉克便已在他的名著《未来的轮廓》（*Profiles of the Future*）之中探讨人类消亡的可能性，并且作出了以下的"豪情壮语"：

　　　"没有一个人可以永恒地存在；那么我们凭什么以为人类作为一个族类可以亘古长存呢？尼采说，'人仅是动物与超人之间的一条接链——一条跨越深渊的绳索。'这其实已

▲ 科幻大师克拉克（Arthur C. Clarke）的名著《未来的轮廓》（*Profiles of the Future*）

是一项崇高的使命。"（No individual exists for ever; why should we expect our species to be immortal? Man, said Nietzsche, is a rope stretched between the animal and the superman – a rope across the abyss. That will be a noble purpose to have served.）

但说到底，"超然"只是西方科幻的一个面相，而且往往不是最重要的面相。在西方的杰出科幻作品之中，不乏充满了人文气息的感人作品。赫胥黎的《美丽新世界》固然是一个例子；而更受科幻迷钟爱的，必然是凯斯（Daniel Keyes）所写的中篇《献给阿尔吉侬的花束》（*Flowers for Algernon*），后来被扩展为长篇小说并被拍成电影，但论感人至深的仍以其中篇小说为首选〔有关这个故事的赏析，请参阅本书 2-6 的内容〕。此外，布莱柏利（Ray Bradbury）的《火星纪事》（*Martian Chronicles*）、《华氏 451 度》（*Fahrenheit 451*），波尔（Frederik Pohl）的《通往宇宙之门》（*Gateway*）、《火星超人》（*Man Plus*）及《杰姆星》（*Jem*），还有哈德曼（Joe Haldeman）的《千年之战》(The Forever War)等都是令人难以忘怀的作品。有趣的是,斯特普里顿(Olaf Stapledon)的《天狼传》(Sirius)是笔者认为最富人文精神、最为感人的科幻著作之一,但故事中的主角却根本不是人!而克拉克固然以他的超然和宏观视野见称,但一些读者最喜爱的,反而是他富有感性和充满人情味的《遥远地球之歌》(Songs of Distant Earth)。

回到中文科幻的世界,笔者观察到一个颇为奇怪的现象,就是近年多部出色的作品,都带有浓厚的超然色彩(韩松的《红色海洋》、王晋康的《十字》、刘慈欣的《三体》是其中几个例子)。我之所以说奇怪,是因为我们中国人一向以注重"人情味"(至少我们这样认为),而西方人往往过于注重理性而不够感性。但从中西方优秀的科幻作品看来,情况似乎刚好相反。

·人文精神的真谛价值

或说所谓人文精神(humanism)乃是西方文艺复兴的产物,而中国没有类似经历,更因古代君权大于一切而个体的人权较少彰显,所以人文精神并不发达?笔者可不太同意这个说法。试看《周易》的"天行健,君子以自强不息";孔子所说的"人能弘道,非道弘人""天道远、人道迩;未知生、焉知死";孟子所说的"食色,性也""仰不愧于天,俯不怍于人""富贵不能淫,贫贱不能移,威武不能屈,此之谓大丈夫""民为贵、社稷次之、君为轻""人人皆可尧舜";荀子所说的"人有气、有生、有知,亦且有义,故最为天下贵也";张载所说的"民吾同胞,物吾与也""为天地立心,为生民立命,为往圣继绝学,为万世开太平"等,皆闪耀着人本主义(相

第一部
导写篇

▲ 斯特普里顿（Olaf Stapledon）的《天狼传》（Sirius）

▲ 克拉克（Arthur C. Clarke）富有感性和充满人情味的《遥远地球之歌》（Songs of Distant Earth）。

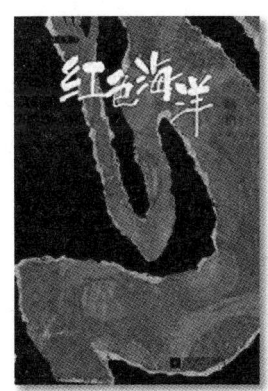

▲ 韩松的《红色海洋》

▲ 王晋康的《十字》

1-1 什么是科幻小说

1-2 科幻小说是文学吗

1-3 优秀科幻创作举隅

1-4 科幻中的科学——介于科学与想象之间

1-5 发扬科幻中的批判精神

1-6 科幻之沉思——"超然视角"与"人文关怀"之间的张力

1-7 绿色科幻巡礼

1-8 科幻中的未来医学

1-9 攀登科幻的高峰

1-10 科幻十题——创作题材脑震荡

75

对于西方的神本主义）和人文精神的光辉。

在笔者看来，人文精神的真谛，首先在于肯定"此生"的价值，无论有没有"来生"，"此生"仍应是我们努力之所在。更重要的一个核心精神便是，"人是价值的最终泉源，是道德自觉、实践和创造的主体"这个观念。西方基督文明强调"原罪"和"救赎"，人的最高使命是"荣耀上帝"。相反，东方文明（包括儒家和佛家）都强调"自力"而非"他力"——人生的圆满不在于外在的救赎，而在于内在的奋进自强。此外，在肯定和坚持自我的尊严、自我的能力、自我的责任及自我的抉择等方面，东方的人文精神绝不逊于西方。也许，西方强调浪漫主义，所以个人主义（individualism）得以不断发展（或说已经过分膨胀），而东方则仍然较为强调社群价值（communitarian values），但这与文艺创作之中是否包含着人文关怀没有必然关系（即西方式的个人主义并非人文精神的必要条件）。

我必须指出的是，在超然视角背后，中国近年来多部杰出的科幻作品还是有浓厚的悲情色彩的。要是让我作出猜测的话，我认为这是中华民族过去百年历史——所造成的创伤烙印。

回到大刘的讲座之上。老实说，笔者看完《三体》，感受到它的确包含着浓厚的人文关怀，并非只是一部纯粹以超然立场撰写的作品（否则它也不可能吸引这么多读者）。奇怪的是，大刘在讲座及回答提问时，却表现出一种十分超然的态度，更指出（即使不明确也是暗喻）成功的科幻创作必须带有"超道德"的取向。无怪乎有人在网上说："现实中的大刘比小说中的大刘更大刘！"

▲ 刘慈欣的《三体》荣获 2015 年"雨果奖最佳长篇奖"

第二天香港科幻会接待大刘时，我趁晚饭时坐在他身旁，跟他谈论了不少问题。因篇幅关系，详细的内容当然无法在此交代。我只想借此重申一点个人的看法："超道德"本身也是一种道德；而"道德没有意义"这个命题本身就是一个道德判断。年轻人的提问反映出他们充分（至少在潜意识上）明白这个道理。

以上是笔者的浅见，当然不一定正确。但就超越中西方特色的科幻创作本身而言，"超然视角"与"人文关怀"确实存在着永恒的张力。如何在这两者之间取得平衡，是对创作者的一大挑战，也是令读者着迷之处。

1-7
绿色科幻巡礼

> 真正优秀的科幻作品不但没有逃避现实,反而能够勇于面对真实的世界。它们对现实世界种种问题的探讨和反思,往往比主流文学更为深刻、更有卓见……

提起科幻小说,不少人都有"脱离实际"甚至"逃避现实"的感觉。不错,如果你心目中的科幻就只是《星球大战》(*Star Wars*)或《超人》(*Superman*)等电影,那的确是"脱离现实",最多只能起到消遣的作用。但人们有所不知的却是,在一群科幻迷的努力推动下,从"不知"到"知"的人正在慢慢增加。上述这些作品在科幻世界中只属末流,绝不足以反映科幻世界的真实面貌。

本篇要提出的是,真正优秀的科幻作品不但没有逃避现实,反而能够勇于面对真实的世界。它们对现实世界种种问题的探讨和反思,往往比主流文学更为深刻、更有卓见……就以人类和环境的关系为例,科幻小说比一般文艺作品甚至学术专著都更为先知先觉。我们今天所熟悉的"环保主义"或"绿色思想",在科幻世界中并不是什么新鲜的事物。

·19 世纪的绿色科幻创作

早于 1885 年,杰弗里斯(Richard Jefferies)便已在他的臆想性小说《后伦敦谈》(After London)里面,表达了"文明乃是人类对自然环境的一种污染"这种思想。在小说中,大自然对人类作出了报复——一场不知名的灾难把文明摧毁,剩下的人类重新被投到自然的状态之中。

1892 年,另一篇以伦敦为背景的作品面世。在这篇名为《伦敦的末日》(The Doom of London)的小说中,作者巴尔(Robert Barr)描述了未来的伦敦被化学毒雾笼罩的景象。60 年后,伦敦的空气污染竟不出巴尔所料,终于在 1952 年发生

▲ 杰弗里斯(Richard Jefferies)的小说《后伦敦谈》(After London)

了著名的"毒雾"事件，一周内便死了 4700 多人。正是这事件才导致 1956 年英国《清洁空气法案》的颁布。这一发展足以证明巴尔当年的预见。

·20 世纪的绿色科幻创作

不过，踏进了 20 世纪之后，一股乐观的思潮曾一度支配着科幻界。大部分科幻小说家都认为，当时所见的各种工业污染会随着科学和技术的进步而消失，因此在他们所描绘的未来世界里，所见的都是窗明几净、一尘不染的美好景象。例如在威尔斯（H. G. Wells）晚年的作品《未来世界》（*The Shape of Things to Come*）之中，环境的污染显然被认为是一个早已解决了的问题。而在大洋彼岸，在根斯巴克（Hugo Gernsback）推动下发展起来的美国流行科幻杂志（sf pulp magazine），也绝少有关于环境污染的作品。

第一次世界大战以后，经济迅速发展，而大规模工业化对环境造成的破坏也日渐严重。1958 年，康博夫（C. M. Kornbluth）的科幻短篇《鲨船》（*Shark Ship*）首先敲起了这方面的警钟。1958 年，库伯（Edmund Cooper）写了一篇名为《光的种子》（*Seed of Light*）的作品，描写人类把大量的废气排放到大气层中，最后使地球的大气充满了像一氧化碳等有毒气体，令生命难以延续。这可说是以全球性大气污染为主题的最早作品之一。

第一部
导写篇

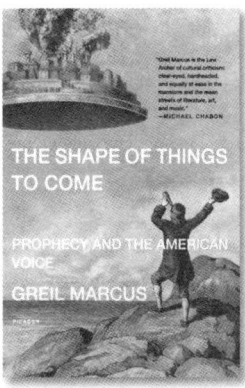

▲ 威尔斯（H.G. Wells）的作品《未来世界》
（*The Shape of Things to Come*）

▲ 库伯（Edmund Cooper）的作品《光的种子》（*Seed of Light*）

论尽科幻
突破导写与导读的时空奇点

但总的来说，20世纪四五十年代有关环境破坏的科幻作品，重点不在于一般的工业污染，而在于核战争和核能所带来的危险。对经历了广岛和长崎原子弹爆炸的人而言，这种关注是不难理解的。然而，即使在广岛原子弹爆炸之前，科幻小说便已走在时代的前头。

早于1930年，坎贝尔（John W. Campbell）便已在他的作品《原子崩坏时》（When the Atoms Failed）之中，描述了如何从原子内部释放出巨大的能量。但有趣的是，直至1933年，首次成功地实现原子核"人工嬗变"的著名物理学家卢瑟福（Ernest Rutherford），在一次演讲中强调："把原子能看成是一种未来的动力来源，完全是一种不切实际的妄想。"

1940年，海莱因（Robert A. Heinlein）写了《核爆意外》（Blow-ups Happen）这篇经典作品。在故事里，海莱因不仅描写了核能发电（那时还只是1940年），而且还讲述了在一所核电厂工作时所涉及的心理压力和潜在的危险。在半个世纪后的今天看来，这可说是一篇先知先觉的预言作品。第二年，海莱因又写了《无济于事》（Solutions Unsatisfactory），进一步探讨了以辐射尘作为武器的可怕景象。

上述都是短篇作品，在长篇小说方面，一部经典的作品是迪雷（Lester Del Rey）所写的《恐慌》（Nerves）。在这部小说里，作者以一种十分写实的手法，叙述一间核电厂内所发生的事故，以及所引发的公众恐慌。令人惊讶的是，这个故事最早写于1942年，到1956年被改写成长篇小说——前者的时间比"广岛原子弹爆炸"早了3年，后者也比"三里岛事件"（1979

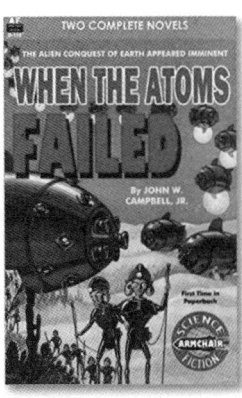

▲ 坎贝尔（John W. Campbell）的作品《原子崩坏时》（When the Atoms Failed）

▲ 迪雷（Lester Del Rey）的作品《恐慌》（Nerves）

年 3 月 28 日美国宾夕法尼亚州萨斯奎哈纳河三里岛核电厂发生一次堆芯熔毁事故）早了 23 年。

但科幻界中一次最著名的事件，则是在 1944 年，即原子弹爆炸前一年发生的。当时一位名为卡特米尔（Cleve Cartmill）的作家发表了一篇名为《生死界线》(Deadline) 的作品，其间竟描述了一颗原子弹的制造过程。要知道当时美国研制原子弹的"曼哈顿计划"（Manhattan Project）是在极秘密的情况下进行的。有关部门获悉这篇作品后大为吃惊，以为秘密外泄，于是派了联邦调查局的人员前往调查。后来证实这只是小说家根据已发表的资料作出的推想，而非秘密外泄。

自广岛与长崎原子弹爆炸以后，有识之士都深深感到核战争对人类的巨大威胁。不少科幻作品于是以核战争浩劫为题材，其中较突出的有史特金（Theodore Sturgeon）于 1947 年发表的《雷鸣与玫瑰》(Thunder and Roses) 和舒特（Nevil Shute）于 1957 年发表的《在沙滩上》(On the Beach)。后者描述美国、苏联发生核战争，一群在澳大利亚的人虽然幸免于难，但逐渐弥漫的辐射尘正慢慢飘向澳大利亚，人们只能静静等待死亡的来临。1959 年，好莱坞把小说搬上银幕，拍成了一部令人难忘的浩劫电影。

第一部
导写篇

▲ 卡特米尔（Cleve Cartmill）的作品《生死界线》（*Deadline*）

▲ 史特金（Theodore Sturgeon）的《雷鸣与玫瑰》（*Thunder and Rose*）

▲ 舒特（Nevil Shute）的《在沙滩上》（*On the Beach*）

论尽科幻
突破导写与导读的时空奇点

1958 年，作家乔治（Peter George）写了《红色警戒》(*Red Alert*)这篇小说，描写两个剑拔弩张的超级大国，如何在意外的情况下触发了一场核浩劫。1963 年，这篇小说也被拍成电影，片名是《奇爱博士，或我如何学会停止忧虑并爱上了原子弹》(*Dr. Strangelove, or How I Learned to Stop Worrying and Love the Bomb*)。影片由名演员塞拉斯（Peter Sellars）一人分演三个角色，而执导的不是别人，正是后来导演经典科幻电影《2001 太空漫游》的库布里克（Stanley Kubrick）。

回到工业污染这个话题之上。把科幻作家的注意力从核战争带回工业污染这个议题之上的是，1962 年面世的环境保护运动中的经典著作《寂静的春天》(*Silent Spring*)。在这本资料详尽的著作里，女作家卡森（Rachel Carson）首先指出了一些人工合成的农药对生态所造成的破坏，其中特别是被广泛应用的"滴滴涕"（DDT）。由于这些化合物无法像一般有机物可被生物所分解，因此会长期地留存在环境中，并被生物一级一级地集中到体内而造成危害。

▲ 乔治（Peter George）的《红色警戒》（Red Alert）

▲ 卡森（Rachel Carson）的《寂静的春天》（Silent Spring）

正如在核战争和核能的主题上，科幻作品中总有个别会走在时代的前头。就以生态危机来说，早于1947年，摩尔（Ward Moore）便已发表《比你想象中还要绿》（Greener Than You Think）这篇故事。在故事中，地球的生态失去了平衡，一种新的草本植物迅速蔓延，最后竟然扼杀了其他所有植物，为人类带来了灾难。1956年，克里斯多夫（John Christopher）则写了一篇《草的死亡》（The Death of Grass），故事内容为一种新的病毒摧毁了地球上所有草本植物，人类也因此而遭到灭绝的厄运。此外，斯图尔特（George Stewart）更加直接，在他于1949年完成的长篇小说《地球仍在》（Earth Abides）之中，描述人类受到一种新的病毒感染而几乎死亡殆尽。这在当时看来可能是危言耸听，没料到数十年后竟有艾滋病毒肆虐，令全球闻之色变。而最近的新型冠状病毒更是席卷全球，成为近年来最恐怖的病毒事件。〔注：本文写于20世纪80年代，那时艾滋病被视为"世纪绝症"。所幸今天我们已能把它控制。但与此同时，禽流感、SARS、埃博拉等病毒的威胁没有完全消失。全球暖化令西伯利亚等地的冻土融化，更令人担心会释放出一些人类毫无抵抗力的古细菌古病毒，从而肆虐全球……〕

第一部
导写篇

▲ 摩尔（Ward Moore）的《比你想象中还要绿》（*Greener Than You Think*）

▲ 克里斯多夫（John Christopher）的《草的死亡》（*The Death of Grass*）

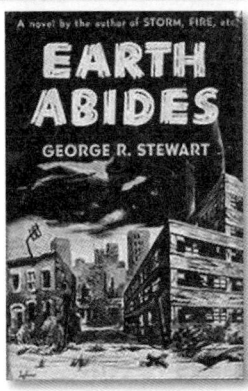

▲ 斯图尔特（George Stewart）的《地球仍在》（*Earth Abides*）

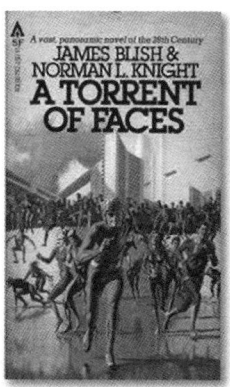

▲ 布莱什（James Blish）的《面孔的洪流》（*A Torrent of Faces*）

▲ 布鲁诺（John Brunner）的《站在桑给巴尔》（*Stand On Zanzibar*）及《羊抬头看看》（*The Sheep Look Up*）

　　自从《寂静的春天》发表以后，以生态危机为题材的科幻作品如雨后春笋，成为了科幻创作中的一大类型。其中较突出的作品有 1968 年出版的布莱什（James Blish）的《面孔的洪流》（*A Torrent of Faces*），以及布鲁诺（John Brunner）先后于 1969 年及 1972 年出版的《站在桑给巴尔》（*Stand On Zanzibar*）与《羊抬头看看》（*The Sheep Look Up*）等。其中《站在桑给巴尔》用了接近六百页的篇幅，以悲观且阴沉的笔触描述了 21 世纪前夕、地球面临生态全面崩溃时的可怕景象，可说是这类型作品的代表作。故事中的地球，被富可敌国、唯利是图的大企业和大传媒机构所控制。除了环境污染和生态崩溃外，到处还充满着仇恨、暴力、种族冲突、青少年犯罪、药物滥用等，读后简直让人有种绝望的感觉。如果不是心智坚强的人，劝不要阅读这本著作。

1968 年，狄克（Philip K. Dick）发表了《仿生人会梦见电子羊吗？》（*Do Androids Dream of Electric Sheep?*），其间便描述了由于人类把自然环境污染了，导致所有高等生物消失殆尽。这部小说后来也被拍成电影，名为"*Blade Runner*"，在中国上映时名为《银翼杀手》。可惜在电影中，上述这一意念被淡化了。

▲ 狄克（Philip K. Dick）的《仿生人会梦见电子羊吗？》
（*Do Androids Dream of Electric Sheep?*）

▲ 阿西莫夫（Isaac Asimov）的《钢窟》(*The Caves of Steel*)

▲ 巴拉德（J. G. Ballard）的《福乐亿年》(*Billenium*)

环境破坏的主因是人口爆炸式增长。在这方面，科幻小说也很早便作出了反应。1954 年，阿西莫夫（Isaac Asimov）在长篇小说《钢窟》(*The Caves of Steel*)中便已接触过这个问题。1961 年，巴拉德（J. G. Ballard）的短篇故事《福乐亿年》(*Billenium*)则可说是有关居住环境日益拥挤的经典之作。1966 年，哈里森（Harry Harrison）发表了长篇小说《让开！让开！》(*Make Room! Make Room!*)更把这一主题发挥得淋漓尽致。1973 年，好莱坞把小说拍成电影，改名为"*Soylent Green*"，在中国上映时名为《绿色食品》。

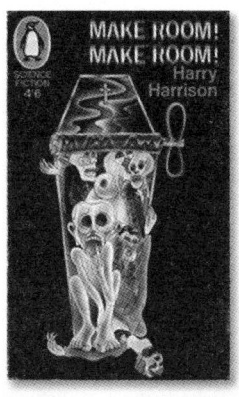

▲ 哈里森（Harry Harrison）的《让开！让开！》（*Make Room! Make Room!*）

▲ 诺兰（William F. Nolan）和约翰逊（George C. Johnson）的《洛根的逃亡》（*Logon's Run*）

电影《绿色食品》中的一个场景：未来世界的人一到60岁便会自动往"注销"中心进行"安乐死"，死后的身体则用来制造食物以养活越来越多的人。如果你认为这已够惊人的话，诺兰（William F. Nolan）和约翰逊（George C. Johnson）于1967年合著的《洛根的逃亡》（*Logon's Run*）则更为极端。在这部小说中，未来世界的人进行"升天"的年龄不是60岁而是21岁！这部小说后来也被拍成电影，中文的译名是《23世纪大逃亡》。

▲ 西尔弗伯格（Robert Silverberg）的《内里乾坤》(*The World Inside*)

▲ 迪什（Thomas M. Disch）的《*334*》

▲ 巴拉德（J. G. Ballard）的《高楼大厦》(*High Rise*)

▲ 赫伯特（Frank Herbert）的《多剎特实验》(*The Dosadi Experiment*)

人口过多而造成的社会、人际、心理等问题，也是科幻小说的一个重要题材。这方面的代表作分别有：1973 年由西尔弗伯格（Robert Silverberg）所写的《内里乾坤》(*The World Inside*)及迪什（Thomas M. Disch）所写的《*334*》；1975 年由巴拉德（J. G. Ballard）所写的《高楼大厦》(*High Rise*)；1977 年由赫伯特（Frank Herbert）所写的《多剎特实验》(*The Dosadi Experiment*)等。

▲ 本福德（Gregory Benford）的《时域》（*Timescape*）

1980 年，本福德（Gregory Benford）发表了长篇小说《时域》（*Timescape*）。小说描述了 20 世纪 90 年代末，生态破坏日益恶化，一种变种的藻类在海面上迅速蔓延。这种藻类就像一场超级的"红潮"，眼看便要席卷全球，让所有大洋生物窒息。一名原本在研究超光速粒子的物理学家通过超光速粒子发射器，把一个求救信号送回到 30 多年前的 60 年代，希望那时的人类能及早阻止生态的破坏，避免灾难在 90 年代末发生。正如所有时间旅程的故事一样，这牵涉到因果上的悖论。至于作家如何解释这个悖论？而人类是否能得救？恕我卖个关子，留待各位把书找来欣赏。以"时间悖论"为题的终极作品是海莱因于 1958 年所写的《你们这些傻瓜》（*All You Zombies*），故事可在网上免费阅读；而于 2014 年上映的改编电影"*Predestination*"，中文译为《前目的地》。

论尽科幻
突破导写与导读的时空奇点

1982年，美国作家谢尔（Jonathan Schell）出版了一本名为《地球的命运》(The Fate of the Earth)的论著，在美国甚至世界各地也引起很大的震动。书中以极沉痛的笔触，深入分析一场核战争给人类及整个地球的生物界所带来的影响。作者最后的结论——抵抗辐射能力最强的动植物是蟑螂和草类，因此核战争后存活下来的就可能只是这两种生物。

▲ 谢尔（Jonathan Schell）的《地球的命运》(The Fate of the Earth)

在中文的科幻创作方面，张君默于1984年出版了《大预言》一书，可说是香港首部较为认真和具有探讨性的科幻小说。书中虽以"创生人"（即西方科幻中的"androids"）的争取自由为主线，但对地球的生态破坏，也有十分深刻甚至痛心的描写。可惜对于不断追求高消费高享受的香港人来说，这部小说的警世作用没有受到重视。

第一部 导写篇

1985年，可能是受了上述谢尔作品的影响，香港的苏富昌写了一篇题材类似的幻想小说《一个昆虫与青草的国度》，并夺得了第一届"新雅少年儿童文学创作奖"的科学文艺组冠军。

1987年，苏富昌再接再厉，写了一篇《天堂与地狱》，其中描述了环保运动被政府列为非法，于是出现了一个名为"绿教"的地下组织。故事也指出，即使人类已能征服太空，但对环境是保护还是破坏仍将是个重大的课题，绿色思想可谓十分突出。这篇作品也夺得当时"新雅文学奖"的亚军，并收录在得奖作品集中。

▲ 香港作家苏富昌的《一个昆虫与青草的国度》，曾获得第一届"新雅少年儿童文学创作奖"科学文艺组冠军

论尽科幻
突破导写与导读的时空奇点

在台湾，科幻作家叶言都所写的多篇精彩作品如《我爱温诺娜》《绿猴劫》和《高卡档案》等，都以人类肆意干预自然界的生态平衡而带来灾难为主题。这些作品都收录在《海天龙战》一书之中，这是一本不容错过的极优秀的中文科幻创作。

相信很多人都喜欢看宫崎骏的漫画及由此改编而成的电影。但大家可有留意，他的作品，如《风之谷》《千与千寻》和《幽灵公主》等都包含着十分强烈的环保意识？而于1984年发表的《风之谷》和1986年发表的《天空之城》都属于科幻作品。此外，好莱坞于2008年制作的动画《机器人总动员》（*Wall-E*），讲述人类（当然只是少数）因地球环境全面崩坏而要逃往太空避难，也对人类社会现今的发展敲起了警钟。

人类对自然环境的肆意破坏，不仅危害到自己，还把不少生物赶上灭绝之路。一个可怕的事实是，人类自20世纪至今导致灭绝的生物数量，比人类过去加起来的还要多！无论从哪一个角度看，这都是不可饶恕的重大罪行。

· 当我们读幻科时，我们在关心什么

由本篇对"绿色科幻"的概述，我们可以看出，科幻小说不但没有逃避现实，反而对不少现实问题作出了深刻的探讨，比一般主流文学来得更为敏锐，更能"先天下之忧而忧"。例如我们今天谈论的"温室效应"，担心全球变暖会导致海平面上升。而早于1959年，日本名作家安部公房（《砂女》的作者）便已在他的小说《第四间冰期》中，提出了两极冰川融化的危险。此外，近年来"太空垃圾"的问题正日益严重，已对太空航行构成一定的威胁。而早于1960年，怀特（James White

在他的作品《致命的垃圾》(*Deadly Litter*)中便已探讨了这个问题。

总之,科幻创作既以探讨科技发展对人类社会的影响为主要目的,也能在环境保护的战线上继续作出更大的贡献。

▲ 日本名作家安部公房的作品《第四间冰期》

▲ 怀特(James White)的作品《致命的垃圾》(*Deadly Litter*)

1-8
科幻中的未来医学

科幻大师克拉克（Arthur C. Clarke）的名言是："任何足够先进的科技文明将会跟魔术无异。"请试想想，在 500 年前的医生看来，今天的医生所能做的，不是跟魔术一样不可思议吗？

说出来大家可能会感到讶异，《星球大战》（Star Wars）电影系列令我最为震撼的一幕，不是那些整里长的太空飞船（mile-long spaceship），或是那些无比激烈的太空战争场面（因为这些都只是科幻小说经典情节的视觉重现），而是男主角天行者被杜库伯爵斩去手臂后，手臂重新生长的那一幕！

一心以为手臂被斩后，男主角会成为像武侠小说中的断臂英雄。枉我是个科幻爱好者，却被编剧愚弄，竟然一时间忘记了：未来世界中当然有"未来的医学"啊！

如果大家跟我一样是第一代的《星际迷航》（Star Trek）迷的话，那么我们对科幻世界中的"未来医学"其实很早就有所认识。还记得太空飞船"企业号"（Enterprise）上的医生手上常常拿着的诊断仪（tricorder）吗？当颈上挂着听诊器仍然是医生的最重要标志时，那么这个诊断仪的超级功能就跟魔术（巫术？）差不多。

我万万想不到的是，这个本应在23世纪（《星际迷航》所设定的时代背景）才出现的科技，在我有生之年已经出现了。大家在阅读本文时，手腕上可能已经带着一个时刻监测你的身体状况的多功能手环。不要忘记现在才是21世纪初，谁知道要是真到了23世纪，电影中的诊断仪是否要在博物馆才找得到呢？（此外，飞船上医疗室每张病床床头的监护仪，在20世纪60年代属非常先进，但在今天基本上已可实现。）

· 科幻小说中的"未来医学"

一些人认为，于1818年出版的《科学怪人》（*Frankenstein*）是历史上的第一本科幻小说。如果我们同意这个观点，那么医

▲ 雪莱（Mary Shelley）的《科学怪人》（*Frankenstein*）

论尽科幻
突破导写与导读的时空奇点

学和生物改造一早便和科幻创作结下了不解之缘。大家可能知道,作者雪莱(Mary Shelley)是受到当时刚刚发现的"生物电"(bioelectricity)的影响而获得创作灵感的。一两百年后,再普通不过的"自动体外除颤器"(AED)的工作原理,跟弗兰肯斯坦用以激活"科学怪人"的几乎一样。关于生物电更简单的应用则是我们筋腱创伤后,进行物理治疗所用的"微电流"疗法。(今天的中医已把这种微电流技术和针灸结合起来。)

有关生物改造的经典科幻作品,当然数科幻大师威尔斯(H. G. Wells)于1896年写的《莫洛博士岛》(*The Island of Dr. Moreau*)。令人惊讶的是,遗传学在当年仍在萌芽阶段,而基因的确立和DNA结构的发现更是在半世纪后,但威尔斯已经大胆地假设人类(至少是故事中的疯狂科学家)拥有改造生物的能力,从而模糊了人和兽之间的界限。

然而,笔者印象最深刻的未来医学故事,是笔者中学时期读的、由美国作家康布勒夫(C. M. Kornbluth)于1950年所写的短篇故事《黑箱子》(*A Little Black Bag*)。要知道当年医生出诊时,都会带着一个黑色的医药箱(多是皮革制并于开口处由横向的金属条封口),而故事正是描述一个庸医,因为无意中捡到一个来自未来的"医疗箱"而成为了一代名医的经过。

这是一个十分精彩的科幻意念。的确,另一位科幻大师克拉克(Arthur C. Clarke)的名言是:**"任何足够先进的科技文明将会跟魔术无异。"**请试想想,在500年前的医生看起来,今天的医生所能做的,不是跟魔术一样不可思议吗?

第一部
导写篇

不要说 500 年后，就是 100 年后，我们的医学会变得如何不可思议？这固然是任何人都想知道的问题，更是科幻作家不能忽视的重大议题，因为它既是创作的一大灵感源泉，也是描述未来世界时必须考虑的道具布景（就像"天行者"的断臂一样）。

▲ 威尔斯（H. G. Wells）的《莫洛博士岛》（*The Island of Dr. Moreau*）

▲ 康布勒夫（C. M. Kornbluth）的《黑箱子》（*A Little Black Bag*）

《黑箱子》是短篇小说,在长篇科幻小说之中,以医学为题材的要首推怀特(James White)所创作的《太空医院》(Sector General)系列(共 13 本作品,创作横跨 20 世纪 60—90 年代)。故事的背景是较为遥远的未来,那时人类已经跟众多的外星族类建立起友好的关系,而故事主人公是一间星际太空医院里的出色医生。故事讲述的是他遇上各种稀奇古怪的医疗事故(不少都跟外星人有关)。系列中既有短篇故事集,也有长篇的小说。在笔者看来,这些小说虽然不算顶级的科幻作品,但其中包含了丰富精彩的想象力,也很富有娱乐性,是最被人忽略的一个科幻系列。

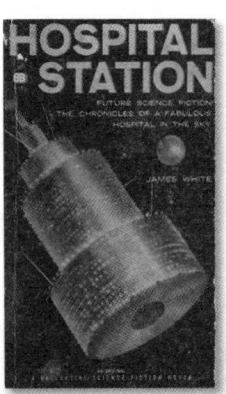

▲ 怀特(James White)的《太空医院》(Sector General)系列(共 13 本作品)的首部作品 "Hospital Station"

·科幻创作中对未来医学成就的预测

好了,如果我邀请大家推测未来 50—100 年的最重大医学成就,你会列举出什么东西呢?以下是笔者的一些预测:

- **战胜癌症**:虽然笔者儿时(我说的是半世纪前!)已经读过"人类很快便会战胜癌症"的预测,而这个预测直至半世纪后的今天仍未完全实现(所以我是有点被骗的感觉),但我还是相信,随着细胞生物学和分子生物学等的突飞猛进,人类与癌症的斗争将于不久(如 50 年内)以胜利告终。

- **干细胞疗法(stem cell therapy)**:将会越来越普及,至令很多以往难以治愈的疾病都能得到医治(或至少受到控制)。现在已经有不少公司鼓励父母把刚出生婴儿的脐带血储存起来,为婴儿将来提供治疗疾病的后盾。

- **人造器官(如人造心脏)**:随着干细胞科技的进步,我们应该可以在实验室里培植出各种人体的器官,而不再需要活人或刚死去的人贡献器官。

- **人造血液**:如果心脏或肾脏等器官都能培植出来,人造血液自然也可能实现。由于血液的应用范围更广,应会为医学(特别是外科手术)带来更深远的影响。

- **人造皮肤**:严重烧伤或灼伤的人都要做植皮手术,但可用的皮肤却往往供不应求。人造皮肤的出现会大大造福这些受伤的人。

- **体内纳米机器人的应用**：随着纳米技术的进步，我们最终可能接受把先进的纳米机器人（nanobots）注射到我们的体内，一方面监测着我们的身体状况，一方面在发现问题时及时采取措施以根除病源。也就是说，微创手术会发展成为"超微创手术"，而科幻电影《神奇旅程》（Fantastic Voyage）和《零度空间》（Inner Space）等的情节可以成真，只是我们无需把人和潜艇一起微缩，因为漫游人体内部的只是无人驾驶的"纳米潜艇"。

- **医学美容与回春技术**：今天的医学美容已具有极大的市场，这种趋势在可见的将来仍会持续。假设这种科技不断发展，将来可能实现科幻小说中描述的"回春"梦想，即60岁的人可以回到30岁左右的身体状况；而80岁的人可以回到50岁左右的身体状况。

此外，随着5G等通讯技术的不断发展（6G、7G？）：远距离诊断甚至遥控外科手术等，将会变得越来越成熟。

按照上述的预测，我们至少可以作出两个重要的引申。第一个是"人造肉"的普及。这儿说的不是以豆类或海藻等植物为原料所造的肉，而是在实验室（或工厂）所培植的牛肉、猪肉、鸡肉等。这种培植在科幻小说中早有描述，如生物学家赫胥黎（Julian Huxley，第一届"联合国教育科学文化组织"的总干事、达尔文挚友汤马士·赫胥黎的孙儿）于1926年所写的短篇故事《组织培养之王》（The Tissue Culture King），以及由波尔（Frederik Pohl）和康布勒夫（C. M. Kornbluth）于1952年合著的长篇小说《太空商人》（*The Space Merchants*）等。

这种发展当然是大大的好事，因为它既可减少杀生和集约化饲养为动物带来的痛苦，也可减少畜牧业对环境的严重破坏。通过培养时的调校，也可减少肉类中对我们健康最为不利的成分，可说是一举三得。

至于第二个引申，是人类的寿命将会显著延长。这既是好事又是坏事，前者不用多说，后者是因为以同一出生率计算，更长的寿命表示我们对地球资源的需求以及所制造的废物和污染将会相应增加，而年轻人的发展空间也会大大受压（想想你的上司平均100岁才退休的情况……）。

上述两项引申都带出同一个问题，就是因为人造肉相对而言必定较"真肉"便宜，而"回春"必然是个十分昂贵的过程，所以结果是：只有十分富有的人才可吃到"真肉"和进行返老还童的"回春"手术。请想想，现今世界的贫富悬殊和由此衍生的"仇富"情绪已是如此严重，如果再加上这些分化，我们的社会稳定能否维持实在是一个大疑问。

如果大家有看过《极乐空间》（*Elysium*）这部科幻电影，便知故事讲的是富人皆住在环境优美的天空之城，而穷人则住在乌烟瘴气的地球表面，其中一个贫穷的母亲，想把身患重病的女儿送往天空之城接受医治的经过。

天空之城中的全自动诊断和医疗床（囊）被称为

"autodoc",同样的仪器在《异形》(Alien)系列电影的新作《普罗米修斯》(Prometheus, 2012)和太空爱情科幻电影《太空旅客》(Passengers, 2016)中也有出现。这儿则带出了另一个问题,就是随着医疗技术和人工智能(AI)的发展,医生这个行业是否会被机器所取代?

笔者的看法是,大量不涉及高层次判断和即时决定的医疗过程,确实会被自动机器所取代,涉及的人数可能达到现今世界医生总人数的一半。而至于其余的一半,则必须自我增值,朝着更高的层次发展。我不认为医生这个行业会消失,因为即使 AI 能够作出越来越精准的诊断,我们还是希望有一个人来为这些诊断结果进行最后的判断,在有必要时进行修正甚至否决。

未来医学还有很多值得探讨的地方,例如我们是否真的可以实现"人造冬眠"(artificial hibernation),以让我们可以进行数十甚至数百年时长的星际旅行?电影《人猿星球》(Planet of the Apes, 1967)、《2001 太空漫游》(2001: A Space Odyssey, 1968)、《异形》(Aliens, 1986)、《阿凡达》(Avatar, 2009)、《太空旅客》(Passengers, 2016)等电影都作出了这种假设。我们又是否可以大幅增进我们的智能,甚至进化到另一个境界?[电影《畸人查理》(Charly, 1968)、《永无止境》(Limitless, 2011)、《超体》(Lucy, 2014)中的假设。]假如我们有这样的能力,我们是否要把其他动物(特别是猿类)的智力提升?[新的《人猿星球》(Planet of the Apes)系列电影

（2011—2017）的大前提。]最后，人的精神是否可以像电脑的软件一般，被转移至另一个"硬件"（躯体或电脑）之中，即英文中所谓的"mind up-loading"，从而让我们实现长生不死的梦想？[电影《阿凡达》、《超验骇客》(Transcendance, 2014)、《超能查派》(Chappie, 2015)中的假设。]

如果大家还意犹未尽，笔者可以推荐大家看贝尔（Greg Bear）分别于1985年及1999年发表的两本科幻小说《血里的音乐》(Blood Music)和《达尔文电波》(Darwin's Radio)。小说的口号：**"下一场战争将在我们的体内发生！"** 预先警告：大家看后做噩梦的话，可不要找我算账啊！

 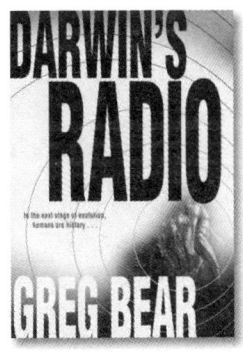

▲ 贝尔（Greg Bear）的两本科幻小说《血里的音乐》(Blood Music)和《达尔文电波》(Darwin's Radio)

1-9 攀登科幻的高峰

> 所谓"攀登科幻的高峰",是指能够提出最出色的硬科幻和软科幻意念,并且能够将高超的文学技巧运用到小说创作中去,从而写出能在读者心中留下不可磨灭印象的不朽名著……

如果你是一个科幻爱好者,特别是一个曾经从事科幻创作,或正打算从事科幻创作的科幻爱好者,你是否曾经感慨,觉得精彩的科幻意念(也就是科幻创作中的"点子"),都已经被别人发挥殆尽呢?

若以攀山作比喻,也就是所有巍峨的险峰都已经有人攀登了。我们所能够做的只是重拾别人的足迹,或是去攀登一些较矮的山头,因此也不会带来什么荣耀。作为一个"发烧"超过40年的"科幻高烧友",也是进行过科幻创作的"科幻迷作家",笔者对此实有切肤的感受。

然而,经过了多年的思索,我认为我们其实无需悲观。相反，我要告诉所有有志从事科幻创作的朋友——科幻世界中还有不少巍峨的高峰，静待着我们去发现和攀登！

·创作起点：软、硬两种科幻意念之探求

让我们从最基础的意念出发。所谓"科幻的高峰"，是指精彩且崭新的"科幻意念"。你也许会问，这些科幻意念与一般文学创作有什么不同呢？要回答这个问题，我们不得不对科幻小说的本质做一粗略的了解。为了不让本文变成一篇探讨"何谓'科幻小说'？"的学术论文，我在此将采取一个简单化的切入点，那便是把科幻小说分为"硬科幻"和"软科幻"这两大类型。

一般的解释，会指出所谓"硬科幻"，是注重科学硬体，即"机关道具布景"的科幻小说；而所谓"软科幻"，是注重心理和社会意识的科幻小说。笔者不能说这两套解释有什么错误，但就我目前的意图，我会把两者重新作出以下的表述：

- **硬科幻**：以新知识、新理论和新科技为主题的创作；

- **软科幻**：以新知识、新理论和新科技所引发的人类反应（心理上、社会上、政治上、文化上、伦理上、宗教上的各种反应）为主题的创作。

对应于上述两大类型的科幻，我们遂得出两种不同的"科幻意念"：

- **硬科幻意念**：通过小说的形式，构思出一些前所未有的（更确切的说法是"前所未虚构"的）新知识、新理论、新科技；

- **软科幻意念**：通过小说的形式，引申和探讨一些前所未引申和前所未探讨的人类反应。（指对一些新知识、新理论和新科技的反应。）

所谓"攀登科幻的高峰"，是指能够提出最出色的硬科幻和软科幻意念，并且能够将高超的文学技巧运用到小说创作中去，从而写出能在读者心中留下不可磨灭印象的不朽名著。

笔者在此要指出两点。首先，上述所提出的，其实是一个十分高的要求。西方的科幻虽已有超过 100 年的历史，其质与量之高可说执世界科幻之牛耳，但大部分广为流传的作品，其实也未攀至上述的高峰。它们所到之处，只能算是次一级的山峰。当然，能够攀上"次高峰"也不是容易的事情。大量的劣质科幻，都只是在群峰下的平原（或至多在山脚附近）徘徊罢了。

其次，上述的分析可能导致一个印象，就是所述的"软、硬"两种科幻意念，已经涵盖了所有类型的科幻意念。但事实是，不少科幻小说中的意念——特别是大量处于"次高峰"的科幻并不容易被归纳到这两种科幻中。可以这么说，我们提出这两种科幻及其内涵的价值，不在于其涵盖性的意义，而在于其战略上的指导意义。

- **进一步发挥：想象更多"虚构的新知识"**

对于这些理论性的分析，你们可能已经觉得不耐烦了。就让我们以一些具体的例子，看看科幻的高峰上飘扬着怎么样的旗帜。

第一部 导写篇

就通过小说提出一种"虚构的新知识"而言，著名的例子包括：凡尔纳（Jules Verne）在《地心探险记》（Journey to the Center of the Earth）中设想地球是中空的而且别有洞天；道尔（Arthur Conan Doyle）在《迷失的世界》（The Lost World）中设想在地球某处还存在着满布恐龙的史前世界；威尔斯（H. G. Wells）在《最先抵达月球的人》（The First Men in the Moon）中假设有反重力物质的存在，而在《宇宙战争》（War of the Worlds）中则假设火星上有一垂死的高等文明，为了求存而大举侵略地球等。

如果你是一个"科学发烧友"，以下一些"虚构的新知识"可能会令你兴奋不已：

- 南极的冰层下埋藏着一艘远古时曾经探访地球的太空飞船；

- 在地球绕日轨道的另一面，原来还有一颗行星，只是它一直被太阳所遮蔽，没有被我们发现罢了；

- 在木星的卫星欧罗巴（Europa）的冰封海洋里，存在着一个光怪陆离的另类生物世界；

- 太空深处存在着一些由反物质（anti-matter）所组成的星球，我们若不慎与它们接触，物质与反物质的"湮灭作用"将会令两者灰飞烟灭；

- 元素周期表中的稳定元素，其原子序数（质子的数目）都在 100 以下。宇宙中还存在着一些极罕见的"超级元素"，其原子序数达数百甚至上千，但它们却相对稳定，而且具有异常的物理和化学特性；

- 科学家已知宇宙间只有 4 种基本力：强相互作用力、弱相互作用力、电磁相互作用力和万有引力，但是宇宙间还有第 5 种基本作用力。如果能驾驭这种力，将会诞生一系列"超能科技"……

- 宇宙间其实充斥着众多高等智慧族类。我们之所以从来察觉不到他们的存在，是因为他们以一个形如超级玻璃球的力场把整个太阳系包裹起来，一切会泄露他们存在的信息都被力场过滤，目的是不想影响人类这个"原始族类"的成长；

- 人类的 DNA 中隐藏着外星人刻意遗留下来的一个重大信息。

上述的例子还可不断地加长。正如牛顿所言：**"人类受想象力的限制，远多于他受物理定律的束缚。"** 对于科幻创作而言，这句说话真是再贴切不过了。

然而，如果阁下并非一名"科学发烧友"，可能会觉得上述的"虚构知识"过于技术性。你们可能更倾向于提出一些假设性的问题，例如：

- 人类可以返老还童吗？

- 人类可以长生不老吗？

- 人类可以不用睡觉吗？

- 人类的记忆力甚至智力可以被大幅提升吗？

第一部 导写篇

- 动物（如黑猩猩）的智力可以被大幅提升吗？

- 电脑可以有感情吗？

- 人脑和电脑可以结合吗？

- 电脑会反过来统治人脑吗？

- 全球变暖是否会带来世界末日？

- 能源危机会导致世界大战吗？

- 外星人存在吗？

- 外星人是否会拥有两种以上的性别？

- 外星人是否也会信奉上帝？

- 人类是否会通过遗传工程对自己进行大幅改造呢？

- 地球上的国家最终会合并成一个"超级地球国"吗？

试想想，对上述问题的任何答案，其实已是一个又一个的"虚构知识"。天文学家爱丁顿（Arthur Eddington）曾经说过：**"在科学探求中，提出问题比寻求答案更为重要。"** 的确，如果我们连问题都不懂得提出，又哪会懂得去寻求问题的答案呢？科学探求如是，科幻创作何尝不是一样？回顾上述的一系列问题，相信大家都会同意，懂得如此发问，在攀登科幻群峰的道路上，已是跨出了成功的一大步。

· 更高层次的推进：从虚拟的理论到科学的洞悉

有关上述"虚构的新知识"当中提到的"第5种基本力"

这个例子，其实已经让我们看到山峰上的另一面旗帜——虚拟的新科学理论。在众多旗帜中，以这一面最"高不可攀"。即使在优秀的西方科幻作品中，尝试攀登这座高峰的也寥寥无几。就以假设有第 5 种基本力为例，作出这一虚构的"新知识"还算容易（假设你有一点儿物理的常识），但要"修正"如今的物理学理论，令这第 5 种基本力在"新"的理论架构中有其恰当的地位，却是一项难度极高的挑战。

简单的逻辑是——如果我能够建构出一套证据充分、头头是道和完全能够自圆其说的"虚拟科学理论"，那么我的旗帜已不再插在科幻的高峰，而是在科学发现的高峰！因为这套虚拟的理论，已不再是科幻创作的一项伟大成就，而可能是科学洞悉上的一项伟大成就！

试想想，如果在上世纪初，有一个科幻作家根据已有的证据，在他的小说中提出了地壳运动的板块构造学说，那么这个学说的始创人便会是这个作家，而不是魏格纳（Alfred Wegener）和往后的地质学家。同理，如果在 20 世纪 80 年代以前，一个科幻作家旁征博引，假设恐龙灭绝乃由陨石撞地球所引起，而一颗类似的陨石正于今天朝地球飞来，那么这个"陨石撞击说"的始创人便会是这个作家，而不是路易斯和阿尔瓦雷兹父子（Luis and Walter Alvarez）。

在此必须指出，幸运的臆想当然无法代替严谨的科学探求。虚构的理论即使幸运地"中靶"，还需大量的科学工作才能把理论完整地筑构起来。

在科幻史上，虚拟理论最辉煌的例子，莫过于阿西莫夫（Issac Asimov）在其《银河帝国三部曲》（*The Galactic Empire*

Trilogy）中提出的"心理史学"（psychohistory）。他把统计力学的概念用于人类社会，提出个人或较小集体的行为虽然无法预测，但当人类的数目大到如一个房间内的空间分子的数目之时，人类的集体行为将遵从一些宏观的统计性规律。而只要掌握了这些规律，我们便可以预测历史的进程。

阿西莫夫的神来之笔更在于，他指出牛顿为了研究物体的运动规律而建立了一套全新的数学——微积分。小说中心理史学的创立人谢顿（Hari Seldon），也同样为了研究人类历史的规律，而发展出一套全新的数学分析方法。他当然没有描述这套方法的具体内容（否则阿西莫夫已不是在写小说而是在进行数学研究），但单就提出了个想法，已够令硬科幻迷（包括首读时仍在中学阶段的笔者）看得如痴如醉。由此可以看出，硬科幻迷追求的不一定是"机关道具"的超级科技，更重要的是"知性上的激发"（intellectual stimulation）。

在众多的科幻题材之中，构建虚拟理论的迫切性，无疑以星际航行居于榜首。这是因为，按照爱因斯坦的相对论，任何物体的速度都不能超越光速。要知恒星之间的距离平均达数十至数百光年，而银河系的直径更是超过十万光年。如果所有太空飞船皆只能以低于光速的速度飞行，那么《星球大战》或《银河帝国》等中的描述，皆会成为"大话西游"。有见及此，大部分的科幻作家，都会在其作品中假设"超光速飞行"的可能性。

然而，这一假设违反了相对论。也就是说，作者必须假设相对论被推翻了，或至少被超越了——就像牛顿力学被爱因斯坦的相对论超越了一样。然而，这套"后相对论"的超级科学

论尽科幻
突破导写与导读的时空奇点

理论究竟是怎样的一回事？在过去近一个世纪的科幻创作中，不少作家曾经作出种种的描述，这也是硬科幻迷对这类型科幻最感兴趣的地方。但就笔者所见，大部分的这些描述都含糊其辞，甚至马虎了事。对于有志"攀登"的人来说，这显然是山峰上还可以"插旗"的地方。

另一项建构虚拟理论的挑战是，如何化解"时间旅行"科幻中的逻辑悖论。本福德（Gregory Benford）的长篇小说《时域》（*Timescape*），可说是这方面的一次出色尝试，大家不妨找来一读。

·闯进前所未见的新境地：新科技和新发明

相对于"新知识"和"新理论"来说，"新科技"可说是难度最低的一项挑战。正因如此，在硬科幻的创作中，以新科技为题材的作品最多。不要以为新科技必定指超级电脑、超级太空飞船和超级武器等硬技术，其实它还包括像基因工程学、克隆人、回春技术、长生不老、记忆移植、行为控制、智力增强、人机结合等一系列生物性技术。此外，还包括人工控制天气、新材料、新能源、行星表面改造等技术，以及例如隐形术、缩形术和时间旅行等臆想性较强（即较为脱离现有科学知识）的各种构思。

看！这是一个多么丰富的创作宝藏啊！可惜的是，由于严重缺乏想象力，不少人是"入宝山而空手回"，或只拾得石头而归。

虽然我说过，构思新科技的难度较构思新知识和新理论的难度低，但其间也大有层次高低之分。例如我们假设将来每人都有一辆飞行的汽车，每家每户都有一个机器人做家务，家中的电视屏幕有整面墙那么大，一艘太空飞船有十多个足球场那么大等。凡此种种，都是缺乏新意和洞见的低层次"新科技"构思。

相反，早于一个世纪前的 1901 年，威尔斯（H. G. Wells）便在中篇小说《新型加速剂》（*The New Accelerator*）之中，假设发明了一种新的药物，它可以大大提高人的新陈代谢速率，从而使人成为了一个来去如风、神出鬼没的影子；在这个"闪电侠"看来，其他人都好像进入了电影中慢镜之下。看！这是一个多么新颖、独特和精彩的科幻构思啊！（姑且不从严谨的科学角度考虑，他的假设是否站得住脚。）

再举一个例子，同样以人工智能为基本素材，简单地描述一个机器佣人或机器保姆，只是低档次的"新科技构思"。但假设我们描述一个电脑天才，把死去的妻子的一切资料输入电脑，然后以超级先进的电脑程序，制造出一个虚拟的人物——他的爱妻，并每天通过电脑荧幕上的模拟影像（或是更拟真的全息立体影像），与爱妻进行"交谈"。这样的一个新科技构思，不是更为独到和感人吗？［笔者 20 多年前便提出这个构思，到了 2017 年，终于看到它在科幻电影《银翼杀手 2049》（*Blade Runner 2049*）中被采用。］

・勿忘起步原点与本质核心的反思：为什么要有科幻创作？

刚才的例子，其实已把我们带到科幻的第二类型——软科幻，即探讨人类对各种新知识、新理论（即新观念，如生物进化观念），以及新科技的各种可能反应的小说。

论尽科幻
突破导写与导读的时空奇点

好消息是,在软科幻的领域中,山峰上还有不少可以插旗的地方。坏消息是,要真正在其上插上一面旗,也绝不是容易的一件事,正因为不容易,才仍有空余的地方。

要攀上硬科幻的高峰,不免需要一点天才的灵感。然而,要攀上软科幻的高峰,除了丰富的想象力外,更需要的是对心理学、社会学、经济学、政治学及普遍的人性有深入的认识,以及具有踏实苦干的毅力。

让我举几个简单的例子。长生不老是人类自古以来的梦想,但假如科学家明天便发明一种长生不老药,你知道会对人类社会以及人类的未来带来怎样的影响吗?长生不老药这个意念绝不新鲜,硬科幻的山峰上也早就插着这面旗帜。可是在软科幻的高峰上,就笔者所知,有关的旗帜还未出现。为什么?因为要具有说服力地回答上文的那个问题,作者的功力必须非常深厚,对人性、社会、经济、文化、伦理,乃至国际关系都具有较透彻的了解与洞悉。于是不少作者走捷径,跑到高峰附近较矮的山头,即只是抓住某个角度来发挥一下,而避免正面或全面地回应有关的问题。

在 20 世纪 70 年代期间,美国便制作了一个名叫"The Immortal"的电视连续剧,中文译为《百岁人魔》。剧的内容是,主人公在阴差阳错的情况下变成长生不老之人。而要变得与他一样,唯一的方法是把他的血液换到自己体内,而且还要定期地更新。也就是说,必须把我们的主人公抓起来充当一副供血的机器。

在故事中,一个富可敌国但垂垂老矣的亿万富翁得知了这个秘密。不用说,他千方百计不择手段地要把主人公抓住,而主人公则只能亡命天涯不断逃避富翁的追捕。就这样一个星期复一个星期,每集的内容都在讲述恶势力如何穷追不舍,而主人公(当然还有帮助他的众多女性角色)则如何跟他们斗智斗勇以逃出他们的魔爪。

请大家看看,这算是什么科幻剧!要真正在软科幻的高峰上插旗,而不只是在山林的泥沼中打滚,我们必须宏观而又深刻地考虑长生不老对人类可能带来的种种影响。这些影响包括:

如果只是一个人长生不老,那么他(当然也可以是她)将会看见身边每一个亲爱的人逐一的衰老和死去。我们常说人世间最痛苦的事是"白发人送黑发人",但对于这个"幸运儿",这将成为他生命中的常规而不是例外,你应该可以体会到这将会是个怎样的人生!(最先描绘这种情景的是奇幻电影——《挑战者》(*Highlander*),但也只是轻轻带过。)

还有一个我们可能没有考虑到的问题,那便是如果这个长生不死的人与一个相隔数十世代的后人谈恋爱甚至结婚,哪算不算乱伦呢?

如果只有一小部分人拥有长生不老的异能,那么其他人对这些"老而不死"的怪物会有什么样的态度?羡慕?忌妒?猜疑?恐惧?抗拒?憎恨?恐怕上述的情绪全部都会涌现,而最后更会出现排斥、迫害,甚至追杀的行径。

如果所有人都可以长生不老,那么又会出现怎样的情况呢？如果整个社会的死亡率是零（或是十分接近零，因人们还是会死于意外），同时也假设所有资源已被充分地利用，若要维持生态的平衡与稳定，那么出生率也必须是零或十分接近零。结果是，这将是一个终极的"老龄化"社会。其间我们将再也看不到儿童的欢笑和少年的朝气。这真是我们心目中的"乌托邦"吗？

即使今天，随着人类平均寿命的延长，年轻人获得晋升与肩负重任的机会已经越来越困难。试想想，如果所有居于高位的人都因长生不老而不用退休，那么年轻人还有什么机会呢？当然，假设所有人已达至不再衰老的固定年龄（例如40岁），那么已没有不断出现的、满怀宏图大志的小伙子，届时的问题将会变成：在上的人永远在上，在下的人永远在下，社会上的矛盾将会比历史上任何时期都尖锐！

我们常常勉励年轻人"惜取少年时"，可是对于一群"永恒"的长生者，《明日歌》中的"明日复明日，明日何其多"将会成为一个客观的描述而非劝勉性的告诫。结果是，长生者做任何事都不会有迫切感。今天不做，明天还可以做；明天不做，后天还可以做。什么"争分夺秒"和"只争朝夕"的魄力和冲劲都会消磨殆尽，大部分人都可能因此一事无成。

另一点大家可能也没有考虑到的是，对于可以长生不老的人，因意外而死亡将会成为他们最大的恐惧。也就是说，他们会养成异常谨慎甚至保守的心态，而不愿作出任何冒险的行径或尝试新鲜的事物。诚然，贪生和怕死是人的天性，但"人生自古谁无死"，则总会有满腔热血的人肯"留取丹心照汗青"。

如果可以不死，这种高尚的情操是否也会逐渐消失？

长寿可以带来智慧，但也会带来思想上的僵化。如果这一长寿是以数百甚至数千年计，那么后一种情况出现的概率，肯定会远远大于前者。文明的进步，往往有赖于新的心灵以全新的眼光去看待现存的事物。而艺术的创造，则更有赖于新的心灵所带来的奇思妙想。试想想，即使伟大如贝多芬，我们也难以想象他能够（假如他没有死）创作出这 200 年来所有风格迥异的精彩作品。结论是，一个由不死的人组成的社会，将会很快成为一个停滞不前的社会。

此外，所谓"海枯可烂"的爱情将会受到严峻的考验。一对夫妻真的能够长相厮守 200 年吗？或许男、女间的关系会出现根本性的变化？

让我们回到一个最低的层次。我们要问的是：长生不老的人可不可以选择退休？如果大部分的人最终都选择退休，那无休止的退休保障将由谁来承担？

各位请看看，光是"长生不老"这个科幻意念，背后便包含着如此丰富的创作素材啊！如果我们创作一本以此为题的科幻小说，却半点也没有触及上述的问题（还有一些问题未被我们发掘呢），你说这是不是"罪过"呢？

探讨长生不老可能是硬科幻的使命，而探讨长生不老所会带来的种种影响，则是软科幻的使命。硬科幻的创作固然要求我们有丰富的想象力，而优秀的软科幻创作所要求的，除了丰富的想象力外，还要有超强的逻辑能力，以及对人性的洞悉和对人类社会的深刻了解。这要求固然很高，但你获得的回报，可能是科幻高峰上飘扬着你的名字的一面旗帜!

·走向未知世界的种种:以科幻探索未来

可以插旗的另一个高峰,说出来可能会令大家感到惊讶,因为那是差不多可以说"老掉牙"的"第二类接触"和"第三类接触"。(前者指接收到外星人的信号,后者指与外星人实际接触。)

有关外星人的科幻小说,真的可说汗牛充栋、数不胜数。但真正令人惊讶的是,迄今为止竟然没有一部作品能以现实的手法全面和深入地探讨人类与外星人首次接触所可能带来的种种巨大和深远的影响——对个人心理上的、集体心理上的、社会上的、文化上的、伦理上的、宗教上的、政治上的、军事上的、国际关系上的种种影响。简单地说,这又是软科幻高峰上一个相对空白的地方。之所以说相对,是因为众多的科幻作家皆曾作出局部的尝试。较突出的例子包括:奎恩(James Gunn)的《倾听者》(*The Listener*)、泽尔维克及布朗(Chloe Zerwick & Harrison Brown)的《仙后座事件》(*The Cassiopeia Affair*)、斯特鲁伽茨基兄弟(Strugatsky Brothers)的《路边野餐》(*Roadside Picnic*)、克拉克(Arthur C. Clarke)的《童年的终结》(*Childhood's End*)、莱姆(Stanislaw Lem)的《他主人的声音》(*His Master's Voice*)等。注意即使如天文学家萨根(Carl Edward Sagan)所写的《接触未来》(*Contact*),也离峰顶有一段颇远的距离。

笔者不打算像"长生不老"这个题材一样,在此探讨与外星人接触所会引起的影响。因为对于有志从事这方面创作的朋友,这既是他们必须亲力亲为的功课,也是他们创作其间的一项乐趣呢!

近年来,笔者看过做功课最勤力的一个例子,是一本令人雀跃的中文科幻小说,由台湾作家伍薏所写,于 2016 年出版的《3.5 强迫升级》。小说用了一个并不新鲜的科幻议题:"瞬间转移"(teleportation),但其中所作的种种引申,其细致深入的程度,我敢说在西方科幻中也前所未见。

▲ 台湾作家伍薏所写的《3.5 强迫升级》

我最后要提出的一个最具挑战性的例子。科幻一向以"探索未来"为傲,可是从来没有一部科幻作品认真地探讨过人类未来的社会制度将会是怎么样的。

论尽科幻
突破导写与导读的时空奇点

  有关这一主题，笔者极力推荐大家阅读由勒古恩（Ursula K. Le Guin）于 1974 年发表的《一无所有》（*The Dispossessed*）、阿尔迪斯（Brian Aldiss）于 1999 年发表的《白火星》（*White Mars*）和罗宾逊（Kim Stanley Robinson）于 1992—1996 年发表的《火星三部曲》（*The Mars Trilogy*）。此外，大家也可思考一下，《星际迷航》（*Star Trek*）和《星球大战》（*Star Wars*）系列所描绘的未来社会形态。

  有关硬、软科幻高峰上仍然空白的地方，其实还有很多很多。但由于篇幅所限，只能就此打住。我的观点已十分清楚，那就是——科幻的高峰并未被完全征服。有志从事科幻创作的朋友，向高峰进发吧！

【附记】

  有关"长生不老"这个题目，笔者大力推荐两部"奇片"。第一部是 2007 年的《这个男人来自地球》（*The Man from Earth*），其间的情节全在一所小屋的客厅发生，却自始至终扣人心弦。另一部更有趣，是 1975 年由杨权导演和谭炳文主演的《游戏人间三百年》，大家可在网上试着找找这部电影，便可知今天很多电影的创意还不及当年呢！

第一部
导写篇

▲ 勒古恩(Ursula Le Guin)的《一无所有》(*The Dispossessed*)及阿尔迪斯(Brian Aldiss)的《白火星》(*White Mars*)

▲ 罗宾逊(Kim Stanley Robinson)的《火星三部曲》(*The Mars Trilogy*)

1–10

科幻十题
——创作题材脑震荡

> 过去百多年来,科幻作品可说数不胜数,但这并不表示"可以说的东西一早便已被人家说了",有志从事科幻创作的人可以"收拾东西转行他业"……

笔者自20世纪60年代喜爱科幻至今,所涉猎的科幻题材可谓五花八门。在踏进21世纪第2个十年之际,笔者尝试列出10个与人类未来有关的"大问题",以引出大家的思考和讨论。

科幻创作既然大都以人类的未来为主题,对这10个问题的各种不同回答,很自然可以成为科幻创作的素材,至少是出发点。好了,现在让我们看看这"十问"是什么吧。

第一问:

现代文明会崩溃吗?而崩溃的原因会是国与国之间的战争(核战、生化战、信息战)?生态环境(特别是由全球变暖所引起的）的崩溃？特大的瘟疫？天体的碰撞？还是外星人的侵略？

第二问：
人类终会有和平共处的一天吗？一个开明的，而不是专制的"世界政府"终会出现吗？孔子理想中的"大同世界"会出现吗？

第三问：
人类对知识的探求会有穷尽的一天吗？科技的发展有极限吗？

第四问：
人类终有一天会战胜死亡吗？（指衰老导致的死亡，而不包括意外导致的死亡）即使不可以，人的平均寿命可以被延长到什么地步？

第五问：
人类终有一天能造出具有自我意识的机器吗？（也可以是无意间的结果，例如互联网苏醒）如果可以，人类和这些机器会出现怎么样的关系？

第六问：
人类有可能把一些动物，如猩猩和海豚等的智能大幅提升吗？如果可以，人类和这些高智慧动物间会建立起怎样的关系？

第七问：
人类会通过遗传科技改变自己的身体和心理特性吗？（例

论尽科幻
突破导写与导读的时空奇点

如通过改造身体以适应海底的生活或其他星球上的环境，或是大幅提升自己的智能和体能？）

第八问：

光速可以被超越吗？如果可以，人类会发展出怎样的星际文明？还是人类的历史会永远局限在太阳系之中？

第九问：

外星文明存在吗？如果存在，人类遇到科技水平比自己低的文明会有什么后果？如果遇到科技水平比自己高的文明又会有什么后果？

第十问：

人类作为一个族类会有灭亡的一天吗？如果有，他的继承者会是谁？

笔者要补充的一点是，上述的"十问"当然没有包括科幻创作中所有重大的意念。其中最主要的遗漏是："穿梭于过去与未来的时间旅行有可能实现吗？如果可以，人类的社会将会受到什么影响？"我之所以没有把它包括在内，是因为我认为时间旅行的可能性十分小。你当然可以不同意我的看法，而把上述的"十问"改为"十一问"，但我认为在考虑人类的前途之时，这个可能性的影响无需被放到考虑之列。

另外一个我没有归纳的问题是："人类可以摆脱他的肉体而作为纯粹的心灵存在吗？"对不起，笔者是一个唯物主义者，因此不相信有所谓"纯粹心灵"的存在。当然，我不排除

第一部
导写篇

人类可以把他的精神转移到肉身以外的另一个载体，但那总需要另一个载体，因此勉强可被归纳到上述的"第七问"之中。

最后要补充的一点是，过去百多年来，基于上述"十问"及其有关意念而写成的科幻作品可说数不胜数，但这并不表示"可以说的东西一早便已被人家说了"，有志从事科幻创作的人可以"收拾东西转行他业"。不错，上述的"十问"确实曾在西方的科幻界产生过不少十分精彩的意念，但这并不表示精彩的意念已穷尽。相反，某些意念仍然处于"低度开发"或"开发不足"的状态。正如笔者在上一篇《攀登科幻的高峰》中所说，科幻的群峰上还有很多没有插上旗帜的地方。笔者列出这"十问"的目的是，希望能够帮助大家对群峰的面貌有较为清晰的概览，从而方便大家选择"插旗"的地方。

第二部
导读篇

入迷科幻小说之读瘾
开卷阅读科幻之推介
优秀意念引发之深思

2-1 我为什么爱看科幻小说

> 人类是天生好奇的动物。事实上，人之所以异于禽兽，主要在于他那无休止的好奇心和求知欲……

多年来，有不少人问过我："你为什么这么喜欢看科幻小说呢？"每次我作出或长或短的回答，事后总觉意犹未尽。就让我趁此机会再次回答这个问题，向大家呈交一份"一个科幻瘾君子的自白书"吧！

·从热爱科学到沉迷科幻

谈到笔者对科幻小说的兴趣，其实离不开笔者对科学的热爱；而对科学的热爱，则源自笔者自幼对星空的向往。可以这么说，笔者由醉心天文而醉心科学，再由醉心科学而醉心科幻。

不过，上述关系在逻辑上虽是一步接着一步，但在现实中却是互为因果、携手并进的。笔者对星空的着迷虽然是发生得最早，但对于作为一门科学的天文学，却是要到笔者小学六年级时才正式"发烧"起来。而在同一年，笔者便坠进了科幻小说的迷人世界。

在此我要衷心感激我的小学同学（也是中学同学）梁颂恩，正是因为他在 1967 年的某一天带我到香港大会堂的儿童图书馆，才导致我在天文和科幻这两方面的兴趣"起飞"了。

在天文方面，我的启蒙老师是《中华通俗文库》中有关天文常识的小书，以及著名的英国业余天文学家摩尔（Patrick Moore）的著作。（我在小学六年级已开始看英文书。这不是因为我英文水平特别高，而是对天文的热爱掩盖了我在英文能力上的不足！）

·科幻读瘾由凡尔纳而起

在科幻方面，使我一生成为"瘾君子"的是，有"现代科幻小说之父"之称的法国著名作家凡尔纳（Jules Verne）。他的《海底两万里》(Twenty Thousand Leagues Under the Sea)，开启了我以后数十年的"科幻迷"生涯。

▲ 法国著名作家凡尔纳（Jules Verne）的《海底两万里》(Twenty Thousand Leagues Under the Sea)

论尽科幻
突破导写与导读的时空奇点

小学六年级的我当然看不懂这本书的法文原本和英文译本，我所看的是中文译本。但有一点仍值得一提，在那个年头，我能在儿童图书馆找得到的外国文学名著，如法国大文豪雨果（Victor Hugo）的《巴黎圣母院》（The Hunchback of Notre Dame）、英国作家狄更斯（Charles Dickens）的《远大前程》（Great Expectations）、俄国文学家陀思妥耶夫斯基（Dostoevsky）的《罪与罚》（Crime and Punishment）等，全都是节缩或简化了的中文译本。但这本《海底两万里》，却是厚达数百页的全文译本。

对当时只有 12 岁的我来说，书中的神秘潜艇"鹦鹉螺号"和性情古怪的尼摩船长，在我的脑海中留下了极其深刻的印象。而其间所描述的深海景象，以及人类如何通过科学的办法以探索这个奇妙世界等情节，都使我看得如痴如醉。

不久，《气球上的五星期》（Five Weeks in a Balloon）、《地心探险记》（Journey to the Center of the Earth）、《神秘岛》（The Mysterious Island）、《机器岛》（Propeller Island）、《格兰特船长的女儿》（In Search of the Castaways）等在图书馆中找到的所有凡尔纳的作品都被我贪婪地一一饱读。这些作品的过人之处，很大部分与《鲁宾逊漂流记》（Robinson Crusoe）、《白鲸记》（Moby-Dick）等作品一样，在于它们那充满惊险神奇的冒险情节。但我也很早便发现，凡尔纳的作品之中，有一种独特的吸引力是其他作品所没有的，那便是贯彻于故事中的那份"科学的奇妙"的信息。

▲《神秘岛》(The Mysterious Island)

笔者还记得在《神秘岛》这本我特别喜爱的小说里：主人公和其他人因海难而漂流到荒岛，一班人想生火御寒，却苦于没有生火的工具，其中的一位教授灵机一动，想出了一个只有懂得科学常识的人才会想到的方法。首先，他找来了两个怀表，然后将表面的拱形玻璃片拆下。接着，他把两块拱形玻璃片拱面向外地贴合在一起，然后小心地在中间注满清水，结果便制成了一块简易的凸透镜。通过这块"凸透镜"把太阳的光聚焦起来，一班人终于点起了令人欢欣雀跃的火焰。

对于作为读者的我，这情节也燃起了我对科学的热情火焰。当然，上述这个例子只是凡尔纳作品中无数同类例子中的一个。在这些作品中，充满了关于天文学、地理学、生物学、考古学和人类学等科学事实的描述。这些描述，使我充分领略到知识的伟大和科学的奇妙，这些都是很多小说所没有的特质。

・神秘科幻作家扬子江

除了凡尔纳外,另一个使我着迷的作家是扬子江。长久以来,扬子江和他的作品对我来说仍是一个谜。我虽然曾经向对于中文科幻发展史素有研究的好友李文健(笔名杜渐)查询,但仍然不得要领。

扬子江(应该是笔名)的书籍大多都是在香港出版的,因为全部都用繁体字。出版社我已记不清楚了,只记得书籍包括了《第二个太阳》《水星旅行日记》《怪星撞地球》《火星人的报复》《神秘的小坦克》《桌球的秘密》等。这些书都是我在小学六年级至初一时看的。上到高中时,曾一度怀念,于是去儿童图书馆想找来一看,却发现全都不见了。但有趣的是,不久后(约20世纪70年代中期吧)我竟在书店里找到其中一两本,但已是另一家出版社的再版版本;更令人惊讶的是,作者的名称竟然改为"李新知"!

究竟扬子江是谁?李新知又是谁?这些优秀的中文科幻作品究竟是原创的,还是翻译的?书籍的版权如今落在谁手上?这些都是我极想知道的。

我刚才问不知作品是原创的还是翻译的,是因为我一直怀疑它们有可能是苏联科幻的中文译本。这一怀疑有两个根据。首先是这些作品的水准十分高,比我后来所看过的国内作品有过之而无不及。(这是我个人的观感,请国内的作家不要介意。)这儿指的并非文笔的高下,而就想象力的丰富、大胆以及科幻意念与故事情节的紧密结合而言。这其中当然有可能是我的要求随着年龄的增长而渐高,以致评判的标准并不一致。

▲ 神秘科幻作家扬子江其中一本作品《怪星撞地球》

▲ 笔者遍寻不获的《天狼A-001号之谜》，后来有朋友在美国哈佛大学的图书馆借到了。

但毋庸置疑的是，国内的科幻创作有一段很长的时间只被看成是儿童文学的一种。因此不少所谓科幻小说，都只是披上薄薄故事外衣的科普或科学臆测的作品，与外国成熟的科幻小说仍有较大的差距。我记得，在1979年，随着改革开放的步伐，科幻创作在国内再次蓬勃起来。当时出了一本名叫《科学神话》的创作集，我兴高采烈地第一时间买来翻阅，却失望地发现，书中大部分作品，其水准仍没有我十多年前所看的扬子江的作品高！

另一个使我怀疑扬子江的作品是翻译的理由是，在一本名叫《天狼A-001号之谜》的作品之中，作者在序言中明确地宣称："这是由中国人所撰写的第一本长篇科幻小说。"诚然，刚才所举的其他扬子江作品大都是短篇或中篇的集子。但如果没有记错，《怪星撞地球》应算是一个长篇故事。尤有甚者，《天狼A-001号之谜》一书中的文笔和故事的格局，确实与其他的故事有所不同。由此推断,其他的书籍确实有可能是翻译的作品。

·休斯的太空探险少年科幻作品

没多久,扬子江的作品都被我看完了。由于再也找不着什么像样的中文科幻,我被迫跑到图书馆的另一角——摆放英文小说的那部分。令人兴奋的是,我不久便找到一系列颇为符合我的英文程度而又引人入胜的科幻小说——由休斯(Walter Hughes)所写的以太空探险为主题的少年科幻作品。

这个系列有两大特色。第一个是它们的主人公都是一班十多岁的少男少女,而他们都怀有勇于探索未知领域的热诚。至于第二个特点是,它们都以探索太阳系的各个天体为故事的背景。

只是探索太阳系?即使是扬子江的作品,就已描述人类如何探索遥远的天狼星。而当时在各地上映的美国科幻电视剧《星际迷航》(*Star Trek*),更描述太空飞船"企业号"如何驰骋于浩瀚的星际空间,并在不同的星球上遇到各种稀奇古怪的生物。休斯的作品只是描述人类如何探索太阳系,不是太过落伍和缺乏想象力了吗?

笔者当时虽然年幼,但最初也有这种想法。不过,在细读之后便发现,这一系列的作品也有它的魅力。这份魅力来自作品中那种认真、细致和实事求是的写作风格。这种风格大大地加强了故事的逼真性和科学性,因此也加强了作品的吸引力。

▲ 沃尔特·休斯（Walter Hughes）其中四本以太空探险为主题的少年科幻作品

在这一启发之下，笔者隐约地摸索出一点有关科幻创作的规律。那便是，描述遥远未来的科幻，应以宏大和新奇的主题取胜；描述不久将来的科幻，则应以细致和逼真的描写取胜。当然，理想的科幻最好是奇异与逼真兼备，但那毕竟太过苛求了。

▲ 科幻大师海莱因（Robert A. Heinlein）所写的一系列优秀的少年科幻

·迷上海莱因的少年科幻系列

　　回到我的科幻历程之上。我最初接触当代西方科幻界真正大师级的作品，奇怪地也是在儿童图书馆里开始的。当然，那些并非什么高深的作品，而是科幻大师海莱因（Robert A. Heinlein）所写的一系列优秀的少年科幻。其中包括了《探星时代》（Time for the Stars）、《太空学员》（Space Cadet）、《红色行星》（Red Planet）和《行星之间》（Between Planets）等。我最先借阅的是《探星时代》，其中谈到星际探险因人类科技的进步而可能导致"后发先至"的境况，令我茅塞顿开。

　　但坦白说，这些作品虽然号称"少年科幻"，但以我当时的阅读能力来说，实在有点吃不消。因此我对这位科幻大师佩服得五体投地，还是日后我在成人图书馆看了他的成人科幻之后的事。

▲ 克拉克（Arthur C. Clarke）的中期作品《月球历险记》（*A Fall of Moondust*）

▲ 阿西莫夫（Issac Asimov）的《苍穹一粟》（*Pebble in the Sky*）

·拜读两位科幻大师：克拉克及阿西莫夫

谈到成人图书馆，我在初二那年便开始在那里（只是在儿童图书馆的楼上）东翻西看。在那里，我开始接触到另外两位科幻巨擘的作品。最先接触的，是由台湾商务印书馆出版的一本外国科幻中译本《月球历险记》（内地译为《月海沉船》）。这个名字看来十分俗套。但把小说细读之后，却发现不得了！这是何等出色、何等精彩的科幻作品啊！你知道此书的作者是谁？不是别人，正是有"太空先知"之称的科幻大师克拉克（Arthur C. Clarke）。而这部小说则是他的中期作品之一。

至于第二个科幻巨擘的作品，我看的已不是译本而是英文原本。这也是我所看的第一本西方成人科幻小说的原本。小说的英文名字是"*Pebble in the Sky*"，怎样？可有印象吗？熟悉科幻的朋友当然知道，这正是科幻界的泰山北斗阿西莫夫

（Issac Asimov）的第一本长篇科幻小说《苍穹一粟》！

往后的几年可以说是我一生中最快乐的时光。因为我一本接着一本地遍读了图书馆里所有的克拉克和阿西莫夫的作品。这些作品为我带来的兴奋和喜悦，实非笔墨能够形容。如果要记述我如何被克拉克的《童年的终结》(Childhood's End)感动得掉泪〔本书2-3及2-6对此有更多的讨论〕，如何为了追看《城市与群星》(The City and the Stars)而废寝忘食〔有关这故事的赏析，请参阅本书2-3的内容〕；又如何在阿西莫夫的《银河帝国三部曲》(The Foundation Trilogy)的吸引下，首次一边上课一边偷看小说，兴奋得把刚读到的"机器人学三大定律"抄到我的日记本上……我相信就是再多一倍的篇幅也写不完呢！

各位读者可能已经看出，上述大部分的作品，都与太空探险的主题有关。这当然跟我对天文的热爱有密切的关系。事实上，每当我在望远镜中观测神秘而深邃的星空时，我都会想象

▲ 阿西莫夫的《银河帝国三部曲》(The Foundation Trilogy)

自己正驾驶着星际探险飞船，朝着这些遥远的星辰进发。我会兴奋地想：如果我能够在七姊妹（昴宿）星团、在 M42 猎户座大星云、在 M13 武仙座球状星团，又或在银河系深处等地进行实地的科学考察，那将会是何等壮观、何等慑人的景象啊！谁又知道在别的太阳照耀下，会有怎样的生命、智慧，甚至文明在孕育和发展呢？

至此，各位应该明白，我为什么说我对科幻的兴趣，离不开我对科学，特别是天文学的热爱了吧。我自己就有如此的看法：不懂天文看科幻小说，就等于不懂中国历史而看金庸的武侠小说，趣味肯定会大打折扣！

·爱上科幻的理由

人类是天生好奇的动物。事实上，人之所以异于禽兽，主要在于他那无休止的好奇心和求知欲。台湾天文学家沈君山便说过：**"人之有异于禽兽者，并不在于他对衣食住行力求精美，而在于他敢于在思想上做种种冒险的探索和追求，以求更深入了解宇宙和生命的奥秘。"** 另外一位学者则更精要地说道：**"人类就是这样的一种动物——最初，他为生存而学习；后来，却为了学习而生存。"** 为学习而生存，正是为了满足他的求知欲，享受"知的喜悦"。这种特质，是所有科学探求的原动力，也是笔者之所以醉心于科学的原因。

另一方面，人类也是一种喜爱想象的动物。从石器时代的洞穴壁画已可以看出，人类不单生活在一个现实的世界，也生活在一个想象的世界。想象力帮助人类预见事物未来发展的各

论尽科幻
突破导写与导读的时空奇点

种可能性，也带来了各种灿烂的艺术创造。而在各种艺术创造之中，最古老的莫过于说故事的艺术。

在朦胧渺远的洪荒时代，每当红日西沉、篝火高烧之际，我们的祖先在狩猎归来后，最大的一项娱乐，便是围着跳跃的火焰，互相诉说和编织不同的故事。这些故事，不少可能是他们日间四出狩猎时的经历，但更多可能是通过想象力加工而虚构出来的历险、奇遇，甚至神话故事。

直到今天，每个小孩仍然喜欢听故事，特别是充满奇异情节的故事。笔者之所以成为一个"小说迷"（除科幻小说外，我最喜欢的是侦探小说和武侠小说），归根究底便是因为喜欢听故事。简单地说，我醉心于科幻小说的主要原因，是为了追求知性上的激发和一种稀奇惊叹之情。

因为喜欢寻根究底，所以成为"科学迷"；因为喜欢听故事，所以成为"小说迷"；因为喜欢寻根究底和听故事，所以成为了"科幻小说迷"。世界上还有比这更简单的一回事吗？

【附记：神秘作家的身份揭晓】

上篇写于 1990 年。1996 年初，我在某杂志的《宇宙波澜》专栏开展了一个题为《我的科幻之旅》的专题。在这专题中，我在《我的科幻启蒙老师》一文中，准备再次书写上面提到的"扬子江身份之谜"。

然而世事的巧合，往往匪夷所思。就在我刚要执笔撰写那篇文章时，却收到了一封署名"杨安定"的来信。一读之下，令我既惊讶又兴奋。惊讶是因为世事竟会这么巧合，兴奋是因为困扰我多年的谜团终于真相大白！

不用说，你也会猜到，杨安定就是扬子江。不对，应该是杨子江。原来我多年来都记错了，想当然地以为必定是扬子江的扬，殊不知是姓杨的杨。

杨安定先生在当时（1996年1月初）给我来信完全是巧合，因为《我的科幻之旅》专题那时还未刊登。按照杨先生说："数年来，我一直想写信给你，却一直迟疑不决……后来，我从你的两部作品中看到你引用罗蒙诺索夫的诗，有了共鸣……于是，我开始查探你的地址。最后，在《东周刊》的帮助下，我的信才能……展露在你的眼前。"

原来杨先生是通过拙作得悉我这个无名小辈。他提及的诗句，确实曾被我引用于《星战迷宫》和《夜空的呼唤》两书中。他有所不知的是，这些诗句正是20多年前我从他的作品《天狼A-001号之谜》抄录到我的记事簿上的呢！

在我回信告知杨先生这段渊源之后，不用说，他也十分兴奋。为了这篇"神秘作家的身份揭晓"，他提供了以下的宝贵资料：

"我在少年时代（20世纪30年代末40年代初）便喜欢阅读科幻和科普作品……50年代末，我写的第一部科幻小说《天狼A-001号之谜》，并在香港艺美图书公司出版。随后不久，我被该公司聘用为编辑。在此期间，我编选了大量科幻、科普书籍，包括科幻小说、科幻故事、科学童话（以

'杨子江'为笔名），以及以青少年为对象的科普作品（以'杨学理'为笔名）。此外，我还替该公司的《科学时代》和《知识》两个刊物撰述科幻小说、科幻论著及科普文章。

"《天狼A-001号之谜》一书，是我阅读了克拉克与俄罗斯'宇宙星航行之父'齐奥尔科夫斯基等人的著作后的产品。在构思此书时，我身在内地。完成初稿后，我携稿返回出生地香港，经详细修改后于1960年出版。

"《水星旅行日记》等科幻小说集的内容全是译自外国（包括苏联、美国）科幻作家的著作，并非我自己的著作，所以是杨子江'编'不是'著'。

"在这期间，艺美俨然成为推广科幻和科普的一个中心。在当时的香港，这是值得注意和重视的。

"我在艺美工作了一段时间后，因故辞职。若干年后，我在书店偶然发现，我以杨学理为笔名编选的一些科普书籍，已改用另一笔名。我当时已想到，我用杨子江为笔名而编选的书籍，也可能被改用其他笔名。最近，从你的信中，我才知道被改为李新知……"

至此，"案情"终于大白了！我在回信中这么说："在香港搞科普和科幻的人实在太少了，而您在20世纪50年代末已在这方面默默耕耘，实叫我们这些后辈衷心敬佩。"

更令我敬佩的是，杨先生以下的这段话："我对此事（指笔名被改）不想计较，是因为我淡泊于名利，认为笔名是张三还是李四并不重要，重要的是所编的书是否受读者欢迎，是否对读者有好的影响。如受到欢迎，有好的影响，个人编书的目的（推广科幻、促进科普）便达到了。"

2–2
经典作品
《2001 太空漫游》赏析

若要推选 20 世纪最有名的科幻小说，《2001 太空漫游》必属其中之一。不少从来不看科幻小说的人，都知道有这本小说。不少从来不看科幻电影的人，都听说过根据这本小说拍摄的同名电影。而更重要的是，不少一向鄙视科幻小说和科幻电影的人，在谈起《2001 太空漫游》之时，都不禁改变态度而流露出一点儿敬意。是什么令到这部小说（及电影）具有这样的"江湖地位"呢？

"每一个生活在今天的人，背后都有 30 个生命。因为这正是死去的人与在世的人的比例。自洪荒时期，大约有 1000 亿人在地球这颗行星上留下了他们的足迹。

这是一个十分有趣的数字,无独有偶,在我们所处的银河系中,大约有1000亿颗恒星。也就是说,在地球上出现过的每一个人背后,都有一颗璀璨的星辰在太空中照耀……"

30年前,一个正在念初中的小伙子,一下子便被上述的开场白深深吸引了。不错,这个小伙子正是我。而这段开场白,正是科幻大师克拉克(Arthur C. Clarke)在名著《2001 太空漫游》(*2001: A Space Odyssey*)(以下简称《2001》)中所写的序言。

若要推选20世纪最有名的科幻小说,《2001》必属其中之一。不少从来不看科幻小说的人,都知道有《2001》这本小说。不少从来不看科幻电影的人,都听说过根据这本小说拍摄的同名电影。而更重要的是,不少一向鄙视科幻小说和科幻电影的人,在谈起《2001》之时,都不禁改变态度而流露出一点儿敬意。是什么令到这部小说(及电影)具有这样的"江湖地位"呢?

▲ 电影《2001 太空漫游》于1968年上映

第二部
导**读**篇

·剖析电影成功之道

《2001》如此有名，跟它的电影版本有莫大关系。而电影的成功，可说是克拉克与导演库布里克（Stanley Kubrick）的共同功劳。而这部上映于1968年的电影为什么如此成功呢？在我看来，有以下因素：

内容细节的科学性十分强，而且拍摄手法认真，一洗以往好莱坞科幻电影的粗陋、低俗与荒诞等形象，令人耳目一新。

与细节的科学严谨性（例如太空飞船飞行时的一片死寂——太空中没有空气传播声音，又哪来震耳欲聋的刺激声音呢？）形成强烈对比的是，故事主题的恢宏与脱拔。恢宏是它以人类进化为题，脱拔是它暗示人类的现状只是进化历程上的一个过渡阶段。而人类的未来，将是一个我们现在无法想象和理解的超然境界。

电影刻意地采取了"言有尽而意无穷"的隐晦手法，为观众留下了很大的自由想象空间。我们当然可以批评这种手法为"卖弄"或"故作高深"，但不可否认的是，它成功地引起了不少自认高深的人（影评人、传媒人、文化人、学者或只是一般观众）的注意与谈论。

"不少人都说看不明白电影想表达什么，这是完全正常的。事实是，如果他们说能够完全明白电影中所表达的一切，那么我们便彻底失败了！"——导演与作者对此的共同宣言，可说是这个成功因素的最佳注脚。

- **三大迷思：黑色碑石、HAL9000（人工智能电脑）、星童**

电影中令人印象非常深刻的，就是贯穿整个故事的巨型黑色碑石（black monolith）。这块碑石被人披上了种种不同的神秘外衣。按照正常思维推断，这应该是一个智慧超前的外星族群，为诱掖后进或散播智慧而在宇宙间到处留下的智能启发装置。对于已经步上智慧之路而懂得基本太空航行的族群，它也提供了一条通往星辰世界的超时空通道。然而，偏偏有人不喜欢这个科学解释，而认为黑色碑石代表原罪、人类的心魔、浮士德的知识悲剧、文化的诅咒、科学的孽障。

如此看来，库布里克与克拉克是彻底成功了！

我一时谈电影，一时谈小说，是否将两者混淆了？没错，我确实把两者混为一谈了。但大家可能有所不知，电影与小说两者确实是两位一体，难分彼此。原来在库布里克找克拉克合作，誓要拍出一部远远超越前人的科幻电影之时，克拉克无法抽空（也可能是未有灵感）重新构思一个全新的故事。最后只是找来了克拉克较早前所写的一个短篇故事"Sentinel"，以此为基础进一步发挥，并逐步建构成了一个电影剧本。在这个过程中，库布里克与克拉克可说是剧本的共同作者。在电影制作的后期，克拉克也开始把剧本小说化。到最后，小说与电影差不多同一时间推出。一些不知情的人以为，电影改编自克拉克同名的小说，这只是一个美丽的误会。

回到电影和小说空前成功的原因，我其实还有一个重大的要素没有带出。这便是全片只闻其声而不见其貌（一盏红灯和一排一排集成电路板除外）的一个关键"人物"——太空飞船"发现号"的主管电脑"HAL"（与地狱"Hell"的发音大致相同）。

▲《2001 太空漫游》电影中经常出现的黑色碑石（影片截图）

"HAL"的全名是"Heuristically programmed ALgorithmic computer"。心水清的人,很早便看出"HAL"这三个字母,正好是当时电脑界的泰山北斗"国际商用机器"(IBM)这三个字母的前一个字母。虽然克拉克说这是个巧合,但大部分人都相信,这是克拉克故意恶搞 IBM 的一个小小恶作剧。知道上述小插曲的观众当然只是少数,但相信大部分看过这部电影的观众,对这部声线沉浑、语调不徐不疾,会想跟太空飞船的队员交谈、下棋,而最后狂性大发把船员逐一杀掉的超级电脑,留下极其深刻的印象。

事实上,整部《2001》有三个最突出的非一般角色。他们分别是刚才提过的黑色碑石、超级电脑"HAL",以及电影结尾惊鸿一瞥的星童(飘浮在太空中的一个人类胚胎)。然而,黑色碑石与星童的意义实在太隐晦了,一般观众可说欲辩无从。但一部会说话的杀人电脑,在科技突飞猛进的 20 世纪 60 年代末(核能、激光、人造卫星、登陆月球……当然还有电脑技术的崛起),却深深地打进了观众的心坎,触动了他们的神经。结果是,电脑杀人成为了《2001》这部电影最惹人谈论的一个话题,触目之处尤在电影的真正主角——巨型黑色石碑之上。

·对结局的解读

电影故事很简单,开场时呈现的是数百万年前的非洲,人类的远古祖先在触摸一块来历不明的黑色碑石后踏上智慧之路。镜头一转,20 世纪末的科学家在月球上发现了一块巨型的黑色碑石。在研究期间,黑色碑石向木星的方向(在小说中是土星,但因模拟土星的景象太困难,在电影中改为木星)发

第二部
导读篇

射了一股强烈电波。18个月后,一艘名叫"发现号"的太空飞船远赴木星解开谜团。途中电脑发狂地把船员逐一杀掉,唯有船员鲍勃及时中止电脑的运作而逃离厄运。最后,太空飞船抵达木星,并发现一块环绕着木星运行的硕大不明黑色碑石。鲍勃乘坐太空囊接近碑石,并堕进碑石里的超时空通道。在经历了一连串超乎我们的理解与想象的遭遇之后,他终于脱胎换骨并被送返到地球附近的太空,成为了一个"星童"(Star Child)(人类进化的另一阶段?)。

电影和小说的最大分别就是这个结局。在小说中,克拉克让这个星童把人类部署在地球轨道上的核武器引爆,以解除人类因自相残杀而自我毁灭的威胁。小说的结语是这样的:**"他停下来,集中心神并感受着他仍未发挥的威力。他虽然已是世界的主宰,但他仍不清楚他下一步应该做些什么。不打紧,他总会想到的。"**在电影中,因为没能够用旁白加以解释,地球上空突然白光乍闪(核武器逐一被引爆),观众可能不知道是怎么一回事。库布里克和克拉克两位编剧最后唯有放弃这个点子。镜头只是呈现地球与星童,电影在施特劳斯的乐曲中完结。

诚然,我们也可以有另一种看法,就是电脑与神秘的黑色碑石其实都代表同一样东西,那便是知识以及人类智慧的发展,更具体地说是由此而衍生的科技。

·知识背后的矛盾

此外，电影中最为人津津乐道的一个镜头是，作为凶器的一截动物大腿骨，被杀得兴起的猿人猛地抛向空中，翻动的骨骼在升腾中变成了一艘翱翔在太空中的太空飞船。在电影表现手法上这固然令人赞叹，但其背后蕴藏的涵义恐怕还要更深刻，人类虽然历经数百万年的进化而成为万物之灵，还发展出高超的科技并进入太空，但知识所带来的善与恶、明与暗的矛盾和对立，也是人类文明一个永恒的主题。

克拉克在《童年的终结》(Childhood's End)里，将电影中魔鬼的尖尾形象拿来开玩笑，显然他对魔鬼的兴趣应该不大。但电影中魔鬼形象背后所代表的西方文明精神的矛盾，即知识带来的矛盾，相信确实是克拉克（以及库布里克）有意在电影中表达的一个信息。按照这样的思路，作为人类智慧最高产物的超级电脑"HAL"狂性大发，正象征了知识所带来的"正邪大对决"。而电影主人公鲍勃凭着聪明、意志和毅力打败了电脑，则暗示了（按照笔者的猜测）这是人类进化过程中的必经之路。也就是说，人类若需要继续发展，便必须克服这个知识带来的矛盾。

从这个角度看，电脑发狂这一幕并非是生硬加插进去的，而是与电影及小说所要表达的信息一脉相承的。但问题是，在买票入场的观众之中，有多少个会接收到这个隐晦的信息呢？

·人类的成人礼

当然,如果我们接受这个观点,那么电影后半部便可以更"顺理成章"地解释:人类既掌握了太空航行技术飞抵木星,而鲍勃战胜人类自制的电脑,即代表人类作为一个族类已成功地通过了"成人礼"(rite of passage)。两者合加起来,表示人类已经有资格进化(咳!这只是我们习惯性地用上了这名词。严格来说这当然不是达尔文理论中的进化,而是外星族类的刻意干预!)到另一个阶段。这个阶段是什么?故事里可没详细解说,我们固然可说这是作者江郎才尽,也可说这正是作者的精明之处。为什么这样说?因为既然是一个更高的阶段,当然不是处于这个低等阶段的我们所能充分了解的。强作解释,只会画虎不成,弄巧反拙!

然而,小说和电影始终是两种不同的媒介。在小说中,克拉克以其生花妙笔,用了过千的文字来描述这一蜕变的过程。在电影里,库布里克只是镜头一转,即接到蜕变后的结果——一个飘浮在地球附近太空的星童。

以一个人类的胚胎来代表人类进化到另一个阶段,可说是整部电影的神来之笔,但也可说是最大的败笔,这要根据阁下的观点与角度而定。

说其是神来之笔,因为胚胎给人的感觉是一个新的开始,代表着喜悦、欢欣和无尽的可能性。说其是败笔,当然因为它平凡、敷衍、儿戏、缺乏想象和有悖情理。你喜欢选择哪一个观点,悉听尊便。

论尽科幻

突破导写与导读的时空奇点

·克拉克三定律

啊!差点儿忘了!《2001》让人谈论最多的一个特色还包括:这是第一部认真地探讨外星人这个题材的科幻电影,可是在长达三小时的电影中,却半个外星人的踪影也没出现!

刚才说过,《2001》是第一部认真地探讨外星人这个题材的科幻电影。一些读者可能会质疑,这是否有夸张之嫌?在此之前,好莱坞不是已经有不少以外星人为题材的科幻电影吗?《2001》虽然制作认真,但你总不能说以前的制作全都不认真吧!

且慢!说《2001》是第一部认真地探讨外星人题材的电影的人可不是我,而是克拉克本人!要了解他为什么这样说,让我们先看看著名的"克拉克三定律":

第一定律:
如果一位年高德勋的科学家说,某些事情是可能的,那他可能是正确的;但如果他说,某些事情是不可能的,那他也许是非常错误的。

第二定律:
要发现某件事情是否可能的界限,唯一的途径是跨越这个界限,从不可能跑到可能中去。

第三定律:
任何非常先进的文明,初看都与魔法无异。

上述这"三大定律",已可让我们一窥有"太空先知"之称的克拉克的精神面貌。但要指出的是,这三条定律并非克拉克刻意编写出来的。它们其实来自克拉克不同文章中的只言片语,只是一些忠实读者认为它们实在太精彩了,遂抽列出来并称为"克拉克三定律"。岂料这一称谓不胫而走,"克拉克三定律"遂成为了科幻界家喻户晓的东西。

曾经有人问克拉克,是否还会有第四、第五或更多的定律出笼,克拉克戏谑地说:**"既然牛顿以三大(运动)定律闻名,那么三大定律对我而言,也已十分足够了!"**

·第三定律的启示

"克拉克三定律"中的每一条,固然都可以写成洋洋万字的专论,但就回答《2001》是否为第一部认真地处理外星人题材的电影,我们必须把我们的注意力集中到第三条定律之上。

然而,第三定律称:**"任何非常先进的文明,初看都与魔法无异。"** 这究竟是什么意思呢?

意思其实十分简单。现代科学告诉我们,宇宙诞生至今至少有140亿年,太阳系诞生至少有50亿年,地球形成至今约为46亿年,生命起源至今至少有40亿年,而多细胞的、较高等的生物发展至今,也至少有6亿年以上的历史。

随着时间的长河顺流而下,恐龙崛起距今达3亿年,恐龙灭绝而哺乳类动物崛起距今6500万年,古灵长类崛起距今2000万年,而人、猿分家则距今约700万年。

约400万年前开始有直立行走的古人猿,约200万年前开始有懂得制造石器工具的人类祖先,约60万年前人类懂得用火,约1万年前人类懂得农耕,约5000年前人类懂得用金属,

论尽科幻
突破导写与导读的时空奇点

200多年前人类发明了蒸汽机（1785年），100多年前人类发明了无线电（1895年），80多年前人类释放了核能（1938年），近60年前人类进入了太空（1961年），50多年前人类才首次踏足地球以外的另一个天体（1969年）。

这些看似枯燥的数字背后，其实隐含着两个意义重大的道理。

第一，科学发展至今只有短短数百年，即已达到如此令人惊讶的地步。继续发展下去，数百年后的科技水平，肯定更为匪夷所思，跟今天我们认为是魔法的东西没有两样。（不用说，对于我们的祖先，今天我们所能做的，根本就是魔法！）

第二，上述的生物进化、人类的起源和进化，以及文明的起源和进步等历程，其发生的早、晚和过程的快、慢，其间充满着我们知之甚少的偶然因素。我们完全可以想象，宇宙中即使有别的星球孕育着生命，其上的生物可能只经历10亿年而不是40多亿年的进化，便衍生出高等智慧的族类；也有可能即使经历了100亿年的进化，仍只产生出像恐龙般的生物。同理，即使高等智慧族类已经出现，我们也无法推测他们何时会发展出可以跨越太空的科技水平。

·对外星人的重新认识

结论是什么？结论是，假使我们有一天遇上宇宙中的另一高等智慧族类，要让彼此的科技水平相当，以至两者间可以进行贸易（和平模式）或爆发星球大战（冲突模式），或其他有意义的沟通模式，其概率都微乎其微，甚至接近零！

更大的可能是，对方要不远远落后我们，要不远远超越我们。

由于人类文明的历史这么短（在宇宙的时间尺度中还不够一弹指的时间），前者的可能性远远低于后者。也就是说，我们常常挂在口边的"外星人"，绝大可能在各方面都远远超乎人类所处的水平，以至于在我们看来，他们的本质和所作所为，都超乎我们的理解与想象！

而这正是《2001》的立论与前提，这也是好莱坞过往所拍的外星人电影皆毫无科学、毫不认真的原因。更遗憾的是，不单是那时拍的电影，就是之后所拍大量同类电影——例如《独立日》（Independence Day）都犯着同一毛病。不过话得说回来，说它们毫无科学可能说过了头，因为这始终是一个概率的问题。

笔者必须指出，上述所指的只限电影而言。在科幻小说的世界里，《2001》的这一观点当然绝不新颖。英国剑桥天文学家霍伊尔（Fred Hoyle）于1957年发表的《黑云》（The Black Cloud）以及波兰科幻大师莱姆（Stanislaw Lem）于1961年发表的《索拉里斯星》（Solaris），都是这方面赫赫有名的经典之作。尤其是前者，我认为是任何对科幻有兴趣的人都不能错过的精彩杰作。喜爱文学而一向觉得科幻幼稚、低俗的朋友则更加要看，保证看后会令你们对科幻有所改观！

2-3

多谢您,克拉克
——进入克拉克的科幻世界

克拉克最著名的作品是啥?以知名度来说,无疑是《2001太空漫游》(2001: A Space Odyssey),因为即使不是科幻迷,也有可能听过(甚至看过)这部电影并知道它的原著作品。有趣的是,对于大部分科幻迷来说,克拉克最优秀的作品并非《2001太空漫游》……

上篇跟大家谈及《2001太空漫游》的电影及小说,说实在的,笔者是个不折不扣的克拉克迷,所以请容我再多写一篇。

· **初阅大师的作品**

大概是初中一年级的时候,我在中文版《读者文摘》中读到《太空先知克拉克》这篇文章,首次知道有这么一位"太空先知"与科幻大师。不久,我在香港大会堂的公共图书馆首次读到他的作品《月球历险记》，那是台湾商务印书馆出版的，是克拉克的名著"A Fall of Moondust"的中文译本。自此之后，我便成为了克拉克的忠实读者，他所写的每一本科幻小说我都没有错过。由于《月球历险记》是我看过的第一本克拉克作品（也是唯一的中文译本，往后看的都是英文原著），请容许我多说一两句。

记得在看这本书之前，我刚好看了好莱坞的大电影《海神号遇险记》(The Poseidon Adventure)，然而对此留下了极其深刻的印象是在阅读《月球历险记》时，当时有一股强烈的感觉——这是《海神号遇险记》的太空版！但这是多么精彩的太空版啊！它一方面有电影的剧情，也具有电影所没有、令人惊奇赞叹的科学知识和视野。〔之后我才发觉，克拉克小说出版的时间其实早于电影的拍摄，所以电影其实是小说的"地球版"才对呢！另外，差不多同一时间，根据克拉克作品改编而成的太空科幻电影《2001 太空漫游》也正在上映，可惜我当时错过了，要到多年后（大概是大学期间）才有机会补看。〕

· 忠实读者亲访偶像

值得骄傲的是，作为一个克拉克迷，我不单看了他的每一本书，而且还曾两度探访过他！

第一次是 1982 年。那时候，笔者是香港天文台（名称是"天文台"，实质是"气象台"）的科学主任，被派往斯里兰卡的首都科伦坡参加一个由世界气象组织举办的研讨训练班。因得知克拉克早于 20 世纪 50 年代末即在科伦坡定居，所以当我知道有机会前往科伦坡时，便决意一访这位心仪已久的偶像。

论尽科幻
突破导写与导读的时空奇点

一个国际知名的大作家,会接见一个籍籍无名的小伙子吗?事实上,其间的过程颇为曲折,其间详情我曾记载于一篇叫《克拉克与我》的文章之中(文章收录于由香港教育图书公司出版的《挑战时空》中)。笔者节录了其中一小段与大家分享:

"令我印象深刻的一件小事,是当我拿出半自动的照相机准备跟他拍照留念之时,发现照相机的闪光灯很久也充不起电来。这闪光灯以往也偶尔闹过毛病,想不到偏选中这关键时候闹得更凶,令当时的我十分尴尬。可是克拉克丝毫没有不耐烦的样子,而且还帮我检查照相机,看看究竟出了什么毛病。后来,他更径自走到另一个房间,取来了一个小型的测电表,为闪光灯用的电池测量电压。电压虽然偏低了一点,但闪光灯后来不知怎地又可用了。终于,我既替他拍了一些照片,两人也拍了一张合照留念。从这一件小事中,可以看出,克拉克那随和及平易近人的性格。"

1990 年间,我与友人在香港创办《科学与科幻丛刊》,其

▲ 1982 年笔者亲访科幻偶像克拉克

中的秋季号即以克拉克及他的作品为主题。我为此与他多次书信往来，并取得了他的一些生活近照。后来我又第二次拜访大师，让我再引《克拉克与我》一文：

"自此我以为与克拉克的缘分已告一段落。但世事如棋，1993年初我与太太参加了一个斯里兰卡、马尔代夫的旅行团。途经科伦坡时，我冒昧地致电克拉克，终于能够第二次拜访我的这位偶像。他这次的精神较我9年前探望他时还要好。他不断侃侃而谈他与新晋作家崔简·李（Gentry Lee）合著新书的过程，并兴奋地像小孩一般地带我参观他刚购置的"Celestron-14天文望远镜"，又笑说他拟在屋顶天台兴建小型天文台时要十分小心，否则隔壁的伊拉克领事馆必定以为他在从事情报窥探活动。总之，这次的探访非常愉快，是我在享受马尔代夫海底世界以外的另一个额外收获。"

▲ 1993年笔者第二次亲访科幻大师克拉克

·最佳作品大比拼

克拉克最著名的作品是啥？以知名度来说，无疑是《2001太空漫游》(2001: A Space Odyssey)，因为即使不是科幻迷，也有可能听过（甚至看过）这部电影并知道它的原著作品。[有兴趣的读者请看上一篇 2-2《经典作品〈2001 太空漫游〉赏析》]

有趣的是，对于大部分科幻迷来说，克拉克最优秀的作品并非《2001 太空漫游》。根据历年来的读者投票（最初是通过科幻杂志，近年则通过互联网），克拉克最受欢迎的作品是《童年的终结》(Childhood's End)与《城市与群星》(The City and the Stars)。至于哪个排第一，哪个排第二，则是见仁见智，难有定论。

·令笔者落泪的《童年的终结》

在克拉克的作品中，外星人先进的科技超乎我们的想象，以及人类现时只是处于进化上的一个过渡阶段等概念，一早便在他于 1953 年出版的长篇小说《童年的终结》(Childhood's End)中出现。外国不少评论者皆认为，这篇小说才是克拉克最优秀的作品。笔者对此也深表赞同。

小说的开场，与电影《独立日》(Independence Day)的开场十分相似——硕大无比的飞碟在世界各地从天而降，人类最先当然以为受到外星人的侵略而试图反击。可是他们很快便发现，所有最先进，威力最强大的武器都完全失效。在外星人的超能科技震慑下，未发一枪一弹人类就要俯首称臣。

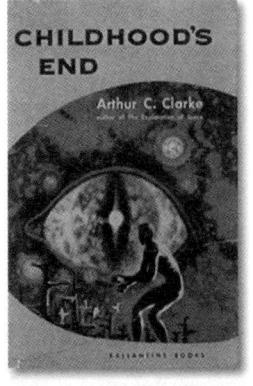

▲ 克拉克于 1953 年出版的长篇小说
《童年的终结》（Childhood's End）

但这是否代表人类的末日到来了呢？非也！原来这些外星人不但没有加害人类，反而帮助人类消弭战争，并逐步建立一个和平、理性和友爱的大同世界。

大半个世纪过去，地球上的生活已变得十分和谐安宁。可是对一些人来说，过于平静的生活变得枯燥乏味。他们开始抱怨，无论外星人的动机是什么，他们处处帮助我们、教导我们，就像一个成年人握着一个小孩的手，那只会妨碍这个小孩的独立和成长。一股躁动的气氛开始在地球上蔓延。

为了暗中对抗外星人的统治，人们建立了一个艺术家村，名为"新雅典"。然而，就是在这个基地里，一些儿童发展出各种匪夷所思的超能力。人类对这些变异心生恐惧，甚至产生把"新雅典"毁灭的念头。

就在千钧一发的时刻，外星人终于透露他们来到地球的真正目的。原来他们的文明虽然比人类的先进很多，但他们的研究显示，作为一个生物族类，他们在进化的道路上已经到了尽头，无法再进一步。相反，人类虽然是一个年轻的族类，但拥有着巨大潜质，是这些外星人所望尘莫及的。但年轻的人类有自毁的倾向，外星人来到地球，首先是要阻止人类的自相残杀，继而是促进人类的进化，使人类能够跃升至一个崭新的境界。

而"新雅典"中儿童的蜕变，正是人类开始进化至另一个阶段的征兆。故事的结局可谓出人意表，因此一直似乎高高在上的外星人[（小说中称为"领主"（Overlord）]原来只是催生新族类的助产士……

上述的简介当然无法充分展示小说的魅力与风采。这篇描述未来世界的小说，时间的跨度达130年之久。其间描写了一大群不同性格的人物，既包括了地球人也包括外星人。无论在科学构思的大胆、哲理寓意的深远，以及文笔的优美流畅等各方面，都到达很高的成就。

外国的评论者往往以"prophetic""visionary""poetic"这三个词来形容克拉克的风格。这三个形容词并不好译，笔者称之为高瞻远瞩、意境深邃、富有诗意。对于一个科幻作家，我认为这是最崇高的礼赞。

·遥远未来的《城市与群星》

接下来，请让我再向大家介绍两本我心爱的克拉克作品《城市与群星》（The City and the Stars）与《深海牧场》（The Deep Range）。这是先后于1956年、1957年出版的两本作品，

▲ 克拉克于1956年出版的《城市与群星》
（*The City and the Stars*）

虽然创作时间十分接近，但却代表了科幻创作中的两个极端。前者是以遥远未来（far future）为背景的神话式、史诗式的作品；后者则是以不久将来（near future）为背景的写实主义作品。然而有一点相同的就是，两者都十分成功。

《城市与群星》的前身是克拉克于1948年发表的一个中篇故事"*Against the Fall of Night*"。但依照克拉克的自述，这篇小说的构思早于其少年时期便已开始，远比中篇作品早。而最后完成的长篇小说，成就远比中篇作品高。所以除了其历史价值外，这个中篇已没有读的必要。

长篇小说的开始，描述少年主人公阿尔文自幼在一个名叫迪阿斯巴（Diaspar）的超级城市内长大。事实上，这个极为先进和完全自给自足的封闭式城市，就是阿尔文所认识的整个世界，因为城市中的一条最高戒律就是，任何人不得擅自离开城市。按照戒律，城市外是一无所有和人类无法生活的禁地。

物质高度丰裕和没有纷争、没有罪恶的迪阿斯巴,俨然是人类梦寐以求的理想国。但对于充满活力和好奇心的阿尔文,却不甘心在这无趣的理想国中度过一生。终于,他成功地逃离了迪阿斯巴,并在荒漠中找到了另一个城市,那个地球上硕果仅存的第二个城市。

随着这第一步开始,阿尔文展开了令他"眼界开阔又再开阔、心灵高飞又再高飞"的一趟奇妙旅程。他发现,人类在遥远的过去已经驰骋于星际空间,并且与众多星球上的高等智慧族类共同建立包含着亿万星球的银河疆域。星际文明虽然跌宕起伏,但人类整体还在不断进步,变得更强大。

然而,正是在人类的怂恿下,星际文明开展了一项终极的追求——创造一个完全不受物质和形体束缚的超级心灵,从而解开我们这些受形体束缚的心灵永远也无法参透的宇宙最终奥秘!

然而,这项历时百万年的浩大工程,最后竟然制造了一个不受控制的"宇宙狂魔"(The Mad Mind)。人类和其他星族经历漫长而残酷的搏斗,才将这个狂魔禁锢在一个叫作"黑太阳"的特制星球之中。不过,这个黑太阳的能量终有耗尽的一日。届时,"宇宙狂魔"将会破枷而出,再次肆虐银河。

然而,远在这一日到来之前,星际文明接收到来自宇宙另一角落的紧急召唤。最后,绝大部分的族类都抛弃银河系,朝着这个神秘的召唤而去,而剩下来不愿上路的族类,包括人类皆逐一经历文明崩坏倒退。人类更是逃返地球躲藏,最后自绝于宇宙。

不过,星际文明大迁徙前,还在银河系内留下了一项重要的遗产,可作为对付"宇宙狂魔"的秘密武器。这项遗产是什么？恕我在此卖个关子。因为如果什么都说出来，小说也就不好看了。

《城市与群星》深深吸引笔者的主要是它那大胆的构思，以及丰富的想象和慑人的气魄。上述短短的介绍，当然无法表达这部杰作如何精彩。一句话，以遥远未来为背景的科幻创作，至今仍未有一部能够超越《城市与群星》。

·充满寓意的《深海牧场》

上文提到曾经有最喜爱的克拉克作品的投票，投票的结果我也完全同意（英雄所见略同嘛！）。至于哪部作品应该排第三，我也难以作出取舍。《2001 太空漫游》可能是一个热门的选择；不少克拉克迷对一部中后期作品《遥远地球之歌》（The Songs of Distant Earth）有很高的评价，但也有读者可能会选择《地光》（Earthlight）、《天堂的喷泉》（The Fountains of Paradise）或《与拉玛相会》（Rendezvous with Rama）。但我个人较为倾向于一部较冷门的早期作品《深海牧场》（The Deep Range）。

▲ 克拉克较冷门的早期作品《深海牧场》（The Deep Range）

论尽科幻
突破导写与导读的时空奇点

《深海牧场》最吸引我的地方，主要在于书中一句寓意深刻的话，以下先让我简介故事，至于这句话是什么？容我稍后再揭晓。

这个故事的背景是人类未来为了解决粮食不足的问题，把注意力转往海洋。要养活这么多人，过往的狩猎式方法当然已行不通。唯一的方法是，仿效我们的祖先数万年前在陆地上所走的那一步，即由狩猎转为畜牧。而畜牧的对象，则是海中的巨兽——鲸。事实上，《深海牧场》读起来活像一部美国西部牛仔的小说，只是牛仔的坐骑变成了微型的个人潜艇，牧羊犬变成了身手同样敏捷并且更为聪明的海豚。不过，如果《深海牧场》真的只是一部这样的小说，那么它充其量只是一部 B 级的科幻作品，使它提升到一个崭新境界而成为一部 A 级作品的正是我刚才提到的那句话。

话说故事中的主人公法兰克林，毕生奉献给牧鲸事业，经历了不少艰辛苦楚。其间，连最要好的一个挚友，也因牧鲸作业时的一趟意外而葬身海底。到了他事业的晚期，以为可以功成身退，不料却身不由己地卷入到一场与他的名誉与荣辱攸关的论战之中。论战的缘起，是来自斯里兰卡的一名佛学大师，从佛教众生平等和诫杀的原则出发，这位大师猛烈地批评牧鲸事业。他的言论受到越来越广泛的重视，最后形成了一股世界性的反牧鲸浪潮。

眼看这一发展，我们的主人公不禁又惊又怒，并深感他毕生的功劳正被诬蔑和否定。他开始发表文章反击，与佛学大师展开了论战。故事的结局，是法兰克林终于与佛学大师面对面地会晤。经过了一场精彩的对话之后，法兰克林终于败在大师的一句话之下。

对于仍在读中学的我，这句话深深地打动我的心坎，震撼之情如今还历历在目：

"在茫茫的宇宙之中，人类终有一天会遇上比他更强大、更聪明的族类。那天来临时，人类将会受到怎样的对待，很可能将决定于他如何对待地球上的其他生物。"

·向科幻大师克拉克致敬

有关克拉克的著作和他的思想，就是再多篇幅笔者也写不完；即使笔者就是为大家再写一万字，也不及各位亲自去找克拉克的一本作品来读那般深刻。

虽然不再多说，但我仍想补充一点，我对克拉克的仰慕，不单因为他的科幻小说，还在于他对太空探险的热情，以及对人类精神领域拓展的远见。

在科学预见上，克拉克于1946年就提出了"同步地球通信卫星"这个出色的构思，比现实早了近20年。他于1973年在《与拉玛相会》(Rendezvous with Rama)中提出的"圆筒世界"，以及1979年在《天堂的喷泉》(The Fountains of Paradise)中提出的"太空升降机"。虽然意念并非完全原创，但他通过生花妙笔，令普罗大众领悟到这些精彩意念的激动人心之处。假如这些意念终有实现的一天，实现它们的科学家很可能就是因为少年时受到这两本小说的启发！

▲ 1973年作品《与拉玛相会》
（Rendezvous with Rama）

▲ 1979年作品《天堂的喷泉》
（The Fountains of Paradise）

·入门阅读的一点建议

如果你从未看过克拉克的作品，上文及本文较详尽地介绍过的几本小说，任何一本都可作为很好的入门作品。此外，《月球历险记》（A Fall of Moondust）和《天堂的喷泉》（The Fountains of Paradise）也是我的诚心推荐。

有一点要谨记，千万不要拿克拉克与其他人合著的几本晚年作品来作为入门的阅读，因为在这些作品中，克拉克那清新纯朴的风格已受到严重的污染。切记！切记！

多年前，我写了一篇名叫《克拉克与我》的文章，容许我把其中一段摘录，以作为本文的结语：

"除科幻小说之外，我也大量阅读了克拉克有关科学，特别是太空探险的著作。事实上，这些著作给我带来的兴奋与喜悦，远在科幻小说之上。它们使我的眼界开阔又再开阔、心灵高飞又再高飞。可以这么说，阅读克拉克的作品是我一生中最大的享受。"

2–4
《科学怪人》的奇情与启示

> 在主流文学中,《科学怪人》被归类为将恐怖与浪漫集于一身的"哥特式小说"(gothic novel);但在科幻迷的眼中,它则是世上第一部科幻小说。两种归类其实并无冲突。判定它属科幻,是因为"怪人"的创生并非靠巫术或魔法,而是当时最新的科学发现。而这,正把我们带到这部作品的思想核心……

上文提到笔者读《童年的终结》(Childhood's End)时掉泪,本篇再跟大家分享我对另一本奇书的感想。笔者曾应中英剧团之邀,为他们当时即将公演的话剧《科学怪人》主持一个公开导赏讲座,话剧改编自同名小说,小说原名"Frankenstein",于1818年出版,距今已有200多年!说这书是奇书并不夸张,因为当时作者是一名年仅19岁的英国少女,而此书更是她的处女作。相信这名少女做梦也没有想到,她的这本小说竟然会流传后世,更被改编为电影、电视剧和舞台剧等。

论尽科幻
突破导写与导读的时空奇点

·十九岁少女的处女作流传200多年

笔者称作者为"少女",其实错了,因为她创作这本小说时已经下嫁了著名英国诗人雪莱(Percy Bysshe Shelley)。正因如此,虽然作者的闺名是"Mary Wollstonecraft",但后人都称她为雪莱(Mary Shelley)。

还有一个"美丽的误会"(还是"丑陋的误会"?)是,大部分人以为弗兰肯斯坦(Frankenstein)便是那个满面缝针、狰狞可怕的"科学怪人",殊不知他只是创造出这个怪人的青年科学家,而怪人在故事里始终没有名字。

·世界第一部科幻小说

在主流文学中,《科学怪人》被归类为将恐怖与浪漫集于一身的"哥特式小说"(gothic novel);但在科幻迷的眼中,它则是世上第一部科幻小说。两种归类其实并无冲突。判定它属科幻,是因为"怪人"的创生并非靠巫术或魔法,而是当时最新的科学发现。而这,正把我们带到这部作品的思想核心。

▲《科学怪人》(*Frankenstein*)于1818年出版,距今已有200多年

第二部
导读篇

人类不懈的科学探求，不断发现新知识，而这些新知识则为我们带来各种前所未有的能力。这些能力固然可以用于"善"，但当它被用于"恶"时，是否会带来无比可怕的后果呢？你立刻会想到什么？炸药、核能、基因工程、人工智能……

更有甚者，即使我们没有立意作恶，但用新知识、新科技制造出来的事物，是否终有一天会摆脱我们的控制，甚至反过来加害我们？

·弗兰肯斯坦情结

这种对自己制造出来的事物失去控制的恐惧，科幻界很自然地称之为"弗兰肯斯坦情结（Frankenstein complex）"。推而广之，社会学家则提出了"科技反噬论"，甚至"文明反噬论"等观点。

在西方世界，这类观点其实渊源深远。古希腊神话中的潘多拉（Pandora）因为好奇打开盒子，把一切人世间的灾难释放了出来；而普罗米修斯（Prometheus）则因为把光明的火炬带到凡间，而受到永恒的惩罚。《科学怪人》一书的副标题为"现代普罗米修斯的故事（the Modern Prometheus）"，已明确地包含了这种思想。

"弗兰肯斯坦情结"是科幻创作的重要主题——《2001太空漫游》（2001: The Space Odyssey）中的杀人电脑"HAL"、《未来战士》（Terminator）中的机器人统治、《22世纪杀人网络》（Matrix）中的电脑虚拟世界等都是其中的佼佼者。

·反映人类排斥异类的心态

但笔者细读这本小说时,却被另一个角度的思考所感动。怪人的本性原来不坏,却因为人类对他的恐惧、憎恨、抗拒和排斥,一步一步迫他走上绝路。这种"非我族类、其心必异",以及由此而引申的"去之而后快"的可怕心态,不正是千百年来人类无数悲剧的根源吗?这本小说与众多优秀科幻作品一样(最新的例子是电影《D9 异形禁区》(District 9,内地译为《第九区》),迫使我们思考什么才是真正的包容与大同。

最后不得不提的是,这本小说既不冗长也不艰深,文字颇为优美,十分适合中学生阅读。阅读英文版的要诀只有一个,就是遇到不懂的英文必须从上文下理推敲,而不宜查阅字典。(这是我历来鼓励中学生广泛阅读英文书籍的要诀。)

▲ 电影《D9 异形禁区》(District 9)

2-5

索拉里斯星

> 莱姆的科幻作品不论在东、西方都享有极高的评价。美国《费城访刊》（Philadelphia Inquirer）曾这样写道："如果到 20 世纪末，莱姆仍然未获得诺贝尔文学奖，那必然是有人告诉评审团，他写的是科幻小说。"……

1988 年香港的国际电影节选映了《索拉里斯星》（Solaris），笔者特意和太太跑到红磡的高山剧场观看。看完我兴奋地对自己说：我十多年来的心愿，终于得以实现了！（虽然太太至今仍有抱怨当年为什么带她看一部如此深奥难懂的电影，一笑！）

电影《索拉里斯星》原为波兰科幻奇才莱姆于 1961 年发表的一部长篇小说，也是这位多才多艺的作家首次被译成英文的作品。笔者于 1974 年首读此书，旋即被书中高超的想象和深邃的哲思所深深震撼，读完喝彩不已，并惊叹在东欧国家之中，竟然也有如此出色的科幻创作。

▲ 波兰科幻奇才莱姆（Stanislaw Lem）的作品《索拉里斯星》(*Solaris*)

·描写与外星生命接触之科幻经典

《索拉里斯星》的主题是科幻小说中一个最经典的主题："接触"，即人类跟宇宙中别的高等智慧族类的首次相遇。科幻中以此为题材的作品可说汗牛充栋，开先河的是威尔斯（H. G. Wells）于1898年出版的描述火星人侵略地球的《宇宙战争》（*War of the Worlds*）。但由于莱姆在自然科学、工程学、控驭学、心理学、语言学，甚至哲学等多方面都有很高的素养，因此能够将如何与外星生命取得沟通（或根本无法沟通）这个问题，提升至一个崭新的境界。

故事描述人类发现了一个完全被海洋所覆盖的行星，并建立了太空站，环绕着行星进行长期探测。但这个海洋并非一般的海洋，而是神秘怪异的一个超级物体——洋面经常出现一些色彩斑斓、硕大无比的图案和复杂结构，它们无端地来，也无端地去。探险人员乘坐小型太空飞船飞越洋面进行探测时所见的异象，令人留下深刻的印象。

不久，更为诡异的事情开始在太空站内发生。站内的人都发觉自己最亲近但已经死去的人突然重现眼前。这些人都不知道自己为什么会在这儿出现，而所有科学检测都证明这些是有血有肉的人，而不是什么幻象。但这种复活带来的不是单纯的欢喜。每个人感情上的纠缠、怨怼、自责、悔恨和埋藏心底的痛苦回忆纷纷涌现。更令人心生恐惧的是，男主人公死去的爱妻再度自杀，却于不久之后再度复活……

·引发人生哲理的种种深思

在这本小说中，莱姆那深刻细腻和富有哲理的笔触发挥得淋漓尽致。故事本身没有结局，而只是带出了一连串发人深省的问题：星球上的海洋是活的吗？所谓"活"的定义是什么？一个海洋可能拥有感知和思维吗？感知和思维又应该如何来界定？我们有可能真正了解别的智慧心灵吗？抑或我们永远只能在别的心灵中看到自己人性的反映？冥冥的宇宙必须局限于人类的认识吗？抑或存在着人类根本无法理解的事物？

事实上，莱姆的科幻作品在东、西方都享有极高的评价。美国《费城访刊》（Philadelphia Inquirer）曾这样写道："如果到 20 世纪末，莱姆仍然未获颁诺贝尔文学奖，那必然是有人告诉评审团，他写的是科幻小说。"

1972 年，苏联著名导演塔可夫斯基（Andrei Tarkovsky）把《索拉里斯星》拍成电影，内地译为《索拉里斯》。稍微熟

论尽科幻
突破导写与导读的时空奇点

悉苏联电影的人对塔可夫斯基都不会太陌生。著名导演褒曼（Ingmar Bergman）曾经这样说："初看塔可夫斯基的作品就似奇迹。我认为塔可夫斯基是伟大的，他创造了全新的电影语言，把生命的现象倒映像梦境般捕捉下来。"

在笔者看来，《索拉里斯星》这部电影难以跟原著小说相提并论，这便如拍得再好的《射雕英雄传》，也难以跟原著小说相提并论一样。但对于热爱电影的人，我毫无保留地推荐这部电影。这部电影曾被誉为苏联版的《2001 太空漫游》（*2001: A Space Oydssey*）。的确，正如克拉克（Arthur C. Clarke）加上了库布里克（Stanley Kubrick），莱姆加上了塔可夫斯基创造出来的是一部使人难忘的经典科幻作品。

【2019 年附记】

2002 年,美国导演索德柏格(Steven Soderbergh)再次把《索拉里斯星》(内地译为《飞向太空》)搬上银幕(由克鲁尼 George Clooney 主演),大大增加了世人认识原著故事的机会(第一部苏联电影始终是十分冷门的作品)。虽然很多人把它拿来跟塔可夫斯基的作品比较,对它评价也不高,但笔者看后却觉得其实不错,值得大家找来一看。电影中引用了诗人托马斯(Dylan Thomas)的一首诗《当死亡不再支配一切》(When death shall have no dominion);原文来自《新约圣经》,很能带出故事背后的哲思。

此外,塔可夫斯基其实还把另一本科幻名著搬上了银幕,那就是苏联著名作家斯特鲁伽茨基兄弟(Strugatsky Brothers)于 1971 年发表的《路边野餐》(Roadside Picnic)。电影把名字改为《潜行者》(Stalker)。笔者既看过英译本也看过电影,仍是那一句,两者也不可错过。

至于莱姆的其他著作,被译成英文的已有近 20 本。作为入门,笔者高度推荐 "The Invincible"、"Fiasco" 和 "The Cyberiad" 这几本精彩的作品。

▲ 除了《索拉里斯星》(Solaris)，笔者也极力推荐莱姆的另外三部作品

2-6

读科幻掉泪

> 我们看到一个纯朴的心灵从混沌中逐步苏醒,就好像一个人从幽暗的房间走向一个光明灿烂的世界。但好景不长,这个一度攀上较常人更高境界的心灵,到头来逐步下滑,最后从光明跌回黑暗和混沌之中……

自小学开始,笔者便爱上科幻小说。在我阅读科幻小说的历程上,至少有三次因感动而掉泪的经验。

·《童年的终结》(Childhood's End)

第一次发生在中学时期,看的是前文提及过的、我十分喜欢的克拉克作品《童年的终结》(Childhood's End)。〔请参阅本书 2-3 内容〕这部小说一开始描述了外星人的巨型飞碟抵达地球各大城市的上空,而人类最先进的武器皆派不上用场。

论尽科幻
突破导写与导读的时空奇点

又是一个"外星人侵略地球"的故事?非也!这本出版于 1953 年的小说,比众多同类题材小说在意境上不知高出多少倍!原来外星人的抵达不是为了征服人类,而是为了协助人类进化到另一个境界。由于这族外星人受到先天上的限制,这个境界对他们来说永远可望而不可即。看似高不可攀和威力无边的他们,原来只是人类成为"超人"的助产士。

人类与这些神秘外星人的接触,是通过一代又一代的联合国秘书长。由于外星人的平均寿命比人类的长很多,负责与人类沟通的外星人虽然与一代又一代的人类代表建立起深厚的感情,却只能无奈地看着他们一个一个衰老和死亡,这便好像我们眼看着深爱的宠物一只一只离去一样。最后,他向最新一任秘书长说出了他们此行的真正目的,并表示他们即将功成身退。故事的场景既令人激动又充满着哀愁,对于当时只有十来岁的我,读着读着,竟不觉地潸然泪下。

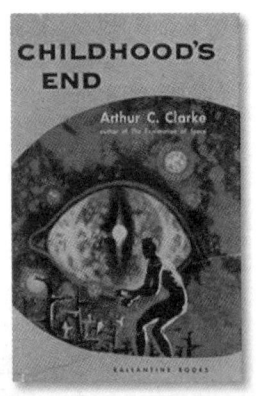

▲ 克拉克于 1953 年出版的长篇小说
《童年的终结》(*Childhood's End*)

· 《献给阿尔吉侬的花束》Flowers for Algernon

至于第二次掉泪,是阅读由凯斯(Daniel Keyes)于1958年所写的中篇科幻小说《献给阿尔吉侬的花束》(*Flowers for Algernon*)。故事中的主人公是一个智商只有68分的年轻人,因为一次偶然的机会,他接受了一个科学家的创新脑部手术,智力因而得以大幅提升,最后更变得比任何人都聪明。可惜的是,这个手术的效果只是暂时的。年轻人的智力一天一天地衰退,最后回到故事开始时的状态……

▲ 凯斯(Daniel Keyes)的中篇故事《献给阿尔吉侬的花束》(*Flowers for Algernon*)

从这个故事梗概各位已经可以看出,这是一个多么震撼心灵的故事。作者采取了一种最直接的写作手法,整个故事由主人公所写的"进展报告"(等同日记形式)以第一人称的方式道来。其间我们看到一个纯朴的心灵从混沌中逐步苏醒,就好像一个人从幽暗的房间走向一个光明灿烂的世界。但好景不长，这个一度攀上较常人更高境界的心灵，到头来逐步下滑，最后从光明跌回黑暗和混沌之中。我相信不止笔者，大部分读过这篇作品的人都曾经为主人公的遭遇落泪。

上述两部作品都有中文译本，可以找来一读。各位若真感兴趣的话，笔者极力建议阅读原著（两本的英文都不艰深）。特别是后者，因为"日记"中的英文由错误连篇到行文流畅再到错误连篇的过程，是中文译本完全无法反映出来的。

这个故事也曾被好莱坞搬上银幕，电影名称是"*Charlie*"，中文译为《畸人查理》。它还曾被改编成一个以粤语演出的话剧《天才一瞬》，并曾在香港数次公演。笔者既看过电影也观赏过话剧演出，但论感人的程度，原著小说还是无可取代的。

·《海伯利安》(**Hyperion**)

第三次落泪，则是看西蒙斯（Dan Simmons）于1989年出版的作品《海伯利安》（*Hyperion*）。这本书由多个相关联的故事所组成，是一本极其精彩的作品。其中一段描述一个女科学家患了一种怪病，她每天醒来都较前一天年轻，而且都会忘记前一天发生的事情。故事中叙述这个女科学家的父亲如何带着这个已倒退为小孩的女科学家，跑遍宇宙每个角落以寻求解救之道。阅读此书时笔者刚为人父，想到为人父母面对这种情景的伤痛，眼泪不禁夺眶而出⋯⋯

第二部
导读篇

　　大家如果有看过《奇幻逆缘》(*The Curious Case of Benjamin Button*)这部电影，肯定会觉得电影与《海伯利安》的意念十分相似。但电影是根据美国小说家费兹杰罗（F. Scott Fitzgerald）写于1921年的短篇小说改编的。至于西蒙斯是否受到过这个故事启发而创作出《海伯利安》，那便不得而知了。

▲ 西蒙斯（Dan Simmons）的作品《海伯利安》(*Hyperion*)

2–7

卫斯理大战木兰花

> 说实话,直至今天,我仍然认为以小说论小说,"木兰花"的成就在"卫斯理"之上。就"特务—侦探—推理—历险—惊险"这一类型的小说而论,我认为"木兰花"的水平甚至在弗莱明(Ian Flemming)的"占士邦"小说之上,而且差别是显著的……

2019 年香港书展的年度主题是"科幻与推理文学",香港作家倪匡自然在"年度作家"名单之中。他的"卫斯理"系列面世逾 50 年,以下这篇文章笔者虽然写于多年前,但这次收录成书,也想再借此将它与倪匡老师的粉丝分享。

·遇上《女黑侠木兰花》

笔者年幼时家境清贫,父母没有什么余钱给我买课外书,但因工作上的关系,偶尔会把一些富裕人家丢弃的书籍带回家,好让我的姐姐、妹妹和我多一点阅读和学习的机会。

小学三年级的一天,爸爸又带回来一大叠图书和杂志,并把它们放到家中的一个角落。有好一段时间,我因为忙于功课(也必然因为忙于玩耍),对这叠书籍没怎么留意。然而,在无聊加上好奇的驱使下,我终于在某一天尝试翻阅这些杂志和书籍,希望能在其中找到些较为有趣的东西。岂料,我的愿望可谓"超额实现"!因为正是这趟翻阅,使我遇上了第一本《女黑侠木兰花》。从那一刻起,我成为了至死不渝的"木兰花迷"。世事也真凑巧,我遇上的第一本《女黑侠木兰花》,也正是这个系列中的第一本《巧夺死光表》。初二那年,同样的巧合再次发生在我身上:我在图书馆借阅的第一本阿西莫夫(Issac Asimov)的长篇小说,也正是他的第一本长篇科幻小说《苍穹一粟》。

我清楚记得《巧夺死光表》的开篇,有一段"儿童不宜"的香艳描写。在今天看来,这当然极其"小儿科"。但对于当时的我,已是感到莫名的不自然。

但令我兴奋的是在后头!顾名思义,故事讲的是有关一种新发明的犀利武器"死光表"的你争我夺。大概到了故事的中段,主角女黑侠木兰花向众人解释:**"所谓'死光'只是'激光'(香港人习惯称激光为镭射)的俗称,而'激光'则是英文'LASER'的音译。'LASER'的全名是'Light Amplification by Stimulated Emission of Radiation',也就是'辐射激发光

▲ 魏力作品《巧夺死光表》

▲ 魏力另一部作品《连环毒计》

束放大原理'的意思。"

哇！实在太棒了！对于刚开始迷上天文和所有科学知识的一个小学三年级学生来说，这实在太令人兴奋了！就小说的阅读而言，这种兴奋的感觉差不多要到初二那年，我首次读到阿西莫夫的"机器人学三大定律"时才被超越。

导读篇

就是这样，我毕生迷上了"木兰花"！

如此精彩的书籍当然要跟姐姐和妹妹分享。虽然其中的香艳场面是有点尴尬，但我顾不得这么多，还是向她们大力推荐这本小说。最先看的是在念小学四年级的姐姐，对于仍在念一年级的妹妹，这本书的确是艰深了点。

已记不起是多久之后的事情。我无意中在湾仔近修顿球场附近的一间"长兴书局"，发现有"木兰花"系列小说出售！售价是一元六角一本。不用说，我立刻告诉姐姐和妹妹，继而集合三人的零花钱去书局购买。如无记错，其中一本最先购买的是《连环毒计》，而其中所描述的"G-G七号活性毒药"，让我对作者的想象力佩服得五体投地。

那么作者是谁呢？是一位名叫"魏力"的作家。（很奇怪的是，我们姐、弟、妹三人都很自然地把名字念成"毅力"，而不是"危力"。）而随着我阅读的《木兰花》系列小说增多，我对魏力也越来越敬佩。不讳言，我有很多知识起初都是从他的小说中知道的，除了刚才提过的"激光"外，其他的还包括布匿战争和突尼斯沙漠中的迦太基古城、南美洲的印加帝国和利马高原、柬埔寨的吴哥窟、国际刑警、氰化钾的杏仁气味、水银气的毒性、黄金的惊人重量等。

当然，正如人们只会迷福尔摩斯而不是柯南一样。对于在读小学的我而言，令我敬佩的是剧中的人物木兰花——她的学识渊博、智勇双全、行侠仗义、身手不凡，最终成为了我心目中最崇高的偶像。相比之下，当时正开始风靡全球的《铁金刚特务007》，简直是小巫见大巫！

·"木兰花"影响我最深的两件事

就这个偶像对我所产生的影响而言,有两件事是最为深远的。第一件是在读《连环毒计》之时,得知木兰花之所以拥有这么渊博的学识,原因之一是她有剪报的习惯。不用说我立刻便开始了我的剪贴册。而我第一篇剪贴的是,1967年"狮子山隧道通车"的新闻报道。(随后的数十本册子追随了我40多年,曾经漂洋过海远赴澳大利亚,之后跟我回香港,如今仍好好地保存在我家中。)

至于第二件事是发生在小学六年级那年暑假的某一天。那天家人带我去书店购买书籍,准备开学。我的心却在不断想着我的偶像。记得在坐车回家时,我突然间有一股很强烈的感觉:在过往,我用功读书是为了满足父母的期望和老师的要求,而不是为了自己。但一下子我想通了,我将来必须像木兰花一般的博学睿智(虽然当时的我不懂得"睿智"这个词,但这的确反映了我当时的想法)。要达到这个目标,我必须努力读书。霎那间,我找到了我人生和读书的目标了!

书店的"木兰花"系列小说很快被我们买光了。有好一段时间(至少五六年吧),我们会时不时地前往书店,一见到有新出版的小说便立刻买下来。印象最深刻的一次是,我们一次买了三本。那天应是星期日不用上课,我们三个傻子就这样趴在家中,只用了大半天的时间便轮流把三本小说一口气看完!

中学毕业前后,50多集的"木兰花"系列小说皆被我们读遍。除了金庸、拉塞尔、阿西莫夫和克拉克的书籍外,还没有一个作家的作品能给我带来这么持久的乐趣。

第二部
导读篇

本文的题目是"卫斯理大战木兰花",为何至今讲的都只是"木兰花"而已?各位不用着急,"卫斯理"马上就要登场了。

·我眼中的"卫斯理"

话说中学会考过后,我转到皇仁中学读预科班。那时(1973年)已得知民间十分流行一系列名为"卫斯理"的小说。但那时的我在图书馆已差不多读遍克拉克、阿西莫夫、海莱因等西方科幻大师的作品(当然指当时已出版的),对于一个香港人所写的"科幻",可说一点兴趣也没有(其中不无"外国的月亮比较圆"的崇洋心态)。后来听见别人说这些作品的开场吸引力十足,但到结局时总会捧出"外星人"以草草了事,我的主观评价(因为我当时一本也没有读过!)便更是等而下之。

我记得很清楚,中学期间,我参加了皇仁书院的天文学会并认识了它的会长——邻班的同学潘昭强。我们两人同样热爱天文学,但潘昭强从来不看科幻小说,并觉得它们都是些幼稚无聊的东西。我记得我们曾多次在"天文学家房"(Astronomers' Room)里谈论此事,我指出无论是西方的"超人(Superman)"、日本的"超人(Ultraman)"(后来才有"咸蛋超人"这个称呼),以及香港的"卫斯理"都只能算是"伪科幻"(pseudo-science fiction),而非真正的科幻。我更特意从公共图书馆借了一些克拉克的作品给他看。结果是,他不但改变了以往的看法,更成为了一个毕生钟爱科幻的科幻迷。

那时,我当然已经知道"卫斯理"系列的作者名叫倪匡。在我眼中,他只是一个借"科幻"之名以吸引读者的通俗作家罢了。

论尽科幻
突破导写与导读的时空奇点

·阅读背后的惊人事实

应该在读大学期间吧,我无意中知道了一个惊人的事实——原来"魏力"其实是倪匡的另一个笔名!也就是说,我钟爱的"木兰花"系列与看不起的"卫斯理"系列的作者是同一个人!

这真是一个很大的讽刺。没有办法,我唯有硬着头皮找来一些"卫斯理"的作品一看。很不幸,我所看的第一本《蓝血人》令我十分失望。或者应该说,十分符合我的期望!我知道我这样说会得罪很多"卫斯理迷",但中学时代已经看过克拉克的《童年的终结》(Childhood's End)和《城市与群星》(The City and the Stars)、阿西莫夫的"基地系列(Foundation Series)"与"机器人系列(Robot Series)"、海莱因的《星河战队》(Starship Troopers)和《异乡异客》(Stranger in a Strange Land),而且还在中学会考前看完赫伯特(Frank Herbert)的《沙丘》(Dune)的我,实在无法为《蓝血人》打上一个"合格"的标签。

·赏读"卫斯理"

接下来的数十年,我断断续续地看了数十本"卫斯理"系列小说。可以这么说,如果我放开怀抱不作比较的话,大部分的作品都能给我带来很好的乐趣。诚然,其中确实有些是故弄玄虚、虎头蛇尾,甚至草草收场的地方,但也有一些是情节精彩、结构严谨、首尾呼应和寓意深刻的。

导读篇

就科幻意念而言，较出色的是《头发》《玩具》《眼睛》。就处理手法的引人入胜而言，《老猫》《透明光》《转世暗号》都很不错。但如果撇开科幻这个包袱，我最喜爱的则是《木炭》这个故事，特别是其中环绕着炭窑所发生的骇人事情，以及太平天国那段藏宝、出卖、丧命和离魂的恐怖情景，都给我留下不可磨灭的印象。

由于我没有看完所有"卫斯理"系列小说，以上的选择未必很有代表性。从网上的资料得知，不少读者对《寻梦》和《回归悲剧》都有不错的评价，我迟些必定会找来一读。

从我年少时斥"卫斯理"为"伪科幻"，到我现在也成为半个"卫斯理迷"，其间颇大原因是随着年事日长，我看事物时已没有过往那么偏激执着，相反变得越来越兼容并包。如今我在推广科幻阅读的讲座中（通过大、中、小学，科学馆，电台节目等），都会鼓励大家阅读"卫斯理"系列小说。我只是郑重地指出：千万不要以为"卫斯理"便代表了所有科幻小说。它只是一种特定类型的科幻创作（所有故事都以同一个主角为中心），而科幻创作应该是一个极其多姿多彩、无边无际的广阔天地。（在30年前指出这一点确有其必要。但在好莱坞科幻电影大行其道的今天，其必要性已是大减。）而喜爱科幻而没有读过克拉克、阿西莫夫、海莱因等人的作品，则有如喜爱武侠小说而没有读过一本金庸小说，或喜爱侦探小说而没有读过《福尔摩斯》。可惜的是，这一点30多年来仍是没有太大改变：说喜爱科幻而从未读过上述大师作品的人仍是占大多数。唉！

论尽科幻
突破导写与导读的时空奇点

- 2-1 我为什么爱看科幻小说
- 2-2 经典作品《2001 太空漫游》赏析
- 2-3 多谢您,克拉克——进入克拉克的科幻世界
- 2-4 《科学怪人》的奇情与启示
- 2-5 索拉里斯星
- 2-6 读科幻掉泪
- 2-7 卫斯理大战木兰花
- 2-8 中国科幻先驱——《猫城记》

▲ "卫斯理"系列部分作品

·推崇备至的"木兰花"

说实话，直至今天，我仍然认为以小说论小说（更严格来说是以"小说系列"论"小说系列"），"木兰花"的成就在"卫斯理"之上。就"特务—侦探—推理—历奇—惊险"这一类型的小说而言，我认为"木兰花"的水平甚至在弗莱明（Ian Flemming）的"占士邦"小说之上，而且差别是显著的。

华语电影世界常常闹"剧本荒"。多年来我都在想，"木兰花"系列小说其实是电影感很强的作品。只要我们选角得宜并找到一个一流的导演，以现今的电影制作水平，我们不难将"木兰花"系列小说拍成一个可以风靡全球的高水平、高卖座电影系列！

相比之下，除个别作品外，"卫斯理"系列小说的电影感不太强，把它们搬上银幕可能会吃力不讨好。然而，这个缺点也正是"卫斯理"小说的优点所在。对，即使不以"科幻小说"为名（倪匡本人从来没有声称他写的是科幻小说），很多人都会把"卫斯理"系列看成是诡异怪诞的小说。但在这诡异怪诞的背后，却往往包含着深刻的人生和宇宙哲理。其间对人性阴暗面的揭露和刻画，更是针针见血、淋漓尽致，至令读者时而毛骨悚然，时而掩卷叹息。

·有幸遇上倪匡先生

笔者十分有幸，自倪匡先生从美国回香港后，曾多次有机会与他会晤。为了香港电台的《科幻解码》节目，我曾到倪匡先生府上拜访。我也曾与他一起对"全球华人科幻创作比

论尽科幻
突破导写与导读的时空奇点

赛——倪匡科幻奖"的最后入围作品进行决审，并于事后邀得他光临寒舍与"香港科幻会"的一群会友共聚。

更为令我欣慰的一件事是，我女儿在我的引导下也成为一个不折不扣的"木兰花迷"，并在中学阶段就看完系列的近60本作品。而在一次活动之中，她也得以跟她的偶像倪匡先生合影。事实上，我也曾推荐她阅读"卫斯理"系列，但无独有偶（难道是遗传基因的作用？一笑！），她看了数本之后，仍然觉得"木兰花"才是她的"杯中茶"。

"卫斯理"大战"木兰花"谁胜谁负？正是各有千秋各有所好，又何须分出胜负呢？

2–8 中国科幻先驱

——《猫城记》

> 遗憾的是,这本书虽然很早就被译成英文,并在海外流传,但在它出生地的中国却反而流传不广……

"飞机是碎了。在飞机出险以前,我们的确已进入火星的气圈。那么,我是否已落在火星上了?假如真的是这样,我朋友的灵魂可以安息了:第一个在火星上的中国人,死得值!"

上述是一本小说的开场白。各位可猜到这本小说是哪个作家写的吗?"我从来不看这些无聊的小说,哪里知道是谁写的!"你可能会这样回答。那么在你知道答案时,准会吓一大跳!

写这本小说的是,20世纪中国文坛巨擘老舍先生。小说名叫《猫城记》,写于近一个世纪前的1932年。

论尽科幻
突破导写与导读的时空奇点

·曾被禁读的中国科幻佳作

在中文科幻发展史上,《猫城记》一书具有无可比拟的重要地位。没错,较这本书更早的民国初甚至清末期间,中国已出现一些类似科幻形式的作品。但一来这些作品的数量甚少,二来执笔的都不是知名的作家,文学水平也不高,因此影响极为有限。相反,老舍先生是知名的作家,影响力自当不用言之。

遗憾的是,这本书虽然很早就被译成英文,并在海外流传,但在它出生地的中国却反而流传不广。究其原因,当然是因为国人对科幻不熟悉而接受程度偏低。但另外一个原因,是因为长久以来,这本书被视为禁书。直到20世纪80年代之后,这本书才得以解禁而重见天日呢!

那么这本小说讲的究竟是什么呢?从文首的"开场白"可知,以第一人称的故事主人公乘飞船到达火星,其后他发现了一个"猫城"。城内住的都是体形与人类相似,但样貌则好似猫的"猫人"。故事的情节,主要是主人公在这座猫城的经历。

·科幻中的政治讽刺

读者很快便会看出,这其实是一部社会和政治讽刺小说。作者的目的是,通过对猫城的种种描写,揭露、讽刺和批判当时在中国出现的种种黑暗、腐败、愚昧、落后、苟且和麻木不仁的现象。猫人曾经拥有光辉而悠久的历史,但由于不思进取,如今已沦落到出卖家当甚至国家的宝物以维持优裕的生活。他们满口仁义道德,却终日尔虞我诈、唯利是图。

故事的主人公最后目睹猫城在异族入侵之下灭亡。小说的结局是这样写的：

"我在火星上又住了半年，后来遇到法国的一只探险的飞机，才能生还我的伟大的光明的自由的中国。"

▲ 猫城记

▲《猫城记》英文版 *Cat Country*

论尽科幻

突破导写与导读的时空奇点

笔者在求学时期阅读了这本小说,当时就被它深深吸引。除了"贱卖国宝"之外,另一个让我印象深刻的描述是,猫人沉迷于一种名叫"迷叶"的"国食",并以此来提神。不用说大家也会联想到曾经为害中国的鸦片,笔者当然也不例外。但身为科幻迷,我也联想到《美丽新世界》(Brave New World)中所描述的"索玛"(Soma),以及政府如何利用这种会上瘾的东西来控制人民。[类似的描写当然是一种巧合,但无独有偶,赫胥黎(Aldous Huxley)的这本小说也是于1932年出版。]

或许有人会说,这只是一本政治寓言小说罢了,又怎算得上是科幻呢?这显然是对科幻缺乏理解。科幻中的政治讽刺有着悠久的历史,上述的《美丽新世界》和著名的《一九八四》(1984)固然是最佳的例子,早前曾风靡全球的电影《阿凡达》(Avatar)不也一样吗?

笔者近年最喜爱的政治讽刺科幻电影是《V字仇杀队》(V for Vendetta),大家也许还记得因"反高铁"而包围立法会的人当中,有的戴了一个浅色的面具吗?这正是电影中男主角自始至终所带的面具。这部电影我已看了多次。你还在等什么?

后记

本书收录的文章前后跨越 20 多年。以下是有关它们的一点历史。

成文最早的是《发扬科幻中的批判精神》。这是为 1997 年的"北京国际科幻会议"而写的。当年的整个 7 月份笔者都在北京，为的是替我的博士学术研究（题目是"互联网的兴起对中国公民社会的形成和演化的影响"）进行实地考察调查。适逢四川科幻世界杂志社在 7 月底举办上述的盛事，我当然不会错过这个黄金机会。记得我于 7 月 28 日的会议第一天，在北京科技会堂向来自全国及世界各地（英、美、俄）的代表发表这篇文章。由于我不满意大会安排的翻译员的翻译，最后主动要求由我自己进行"双语"发表（先以普通话念一段，然后再以英语概述）。由于我事先根本不知道要讲话，对于在这种情况下完成这项任务（台下的热烈掌声应是任务完成得不错的见证），老实说我颇感自豪呢！

《科幻中的科学——介于科学与想象之间》的缘起则来自台湾。我从北京回到当时在澳大利亚悉尼的家不久，就收到台湾《科学月刊》的张之杰先生的约稿。原来他们计划在新一期的杂志举办一个名叫"科学与科幻"的专题，所以希望我能为此写点东西。文章后来于 1998 年 2 月的《科学月刊》刊出。（这其实不是我第一次写这个题目。第一次是在 1975 年大学二年级时，当时以英文撰写并发表于香港大学理学院学生会的会报《理声》之中。）

但这并非是事情的终结。原来张之杰兄在没有通知我的情况下，把这篇文章拿去参加台湾一年一度的"李国鼎通俗科学奖"比赛，并且获得了金奖！就是这样，刚刚从澳大利亚回到香港的我和太太，于1999年9月前往台北领奖。

2000年，台湾的好友叶李华替《诚品好读》杂志约稿，于是我写了《勇闯科幻的高峰》一文。文章后来在杂志的十月号刊出。

转眼到了2008年初，科幻大师克拉克以九十高龄逝世。被誉为"20世纪科幻三巨头"（其余两人是阿西莫夫与海莱因）全部离世，在科幻界来说可谓一个伟大时代的终结。不久，我收到台湾网站《放映周报》的约稿，便写了《经典作品〈2001太空漫游〉赏析》一文。

差不多在同一时间，我亦收到《科学月刊》的邀稿。原来他们正在筹办一个名叫"20世纪最终科幻巨擘——亚瑟·克拉克纪念专文"的特辑。为此我写了《高超的想象，深远的意境——克拉克的科幻世界》，文章在2008年6月号的特辑中刊出，也就是如今收录在本书的《多谢您，克拉克——进入克拉克科幻世界》。

2009年，我应《明报》的邀请，为一个由多人轮流执笔的专栏"名家名著"供稿。本书中的《科幻世界是文学吗》《读科幻掉泪》《〈科学怪人〉的奇情与启示》《中国科幻先驱——〈猫城记〉》等多篇短文，都是在这个专栏发表的。

至于《科幻十题——创作题材脑震荡》是为香港科幻会网站所写的。

相隔15年写成的《发扬科幻的批判精神》和《科幻创作中的超然视角与人文精神》(即本书的《科幻之沉思——"超然视角"与"人文关怀"之间的张力》),都是因为参与国内的科幻会议而成文的。前者是"北京国际科幻大会",后者则是于2010年11月中旬在成都举行的"世界华人科幻大会"。在这15年间,中国先后出了王晋康和刘慈欣两位大师级作家。刘慈欣的《三体》三部曲更掀起了全国的科幻热潮,实在令人欣喜。

最后,本书的前言《科幻小说——探索未来的跳板》乃是应香港贸易发展局之邀,为2019年以"科幻+推理"为主题的"香港书展"所写的。"科幻"终于能够成为书展的一个主题,令笔者这个"科幻高烧友"大感快慰。

这个成果不用说来得不易,无论是作为读者还是作者,大家都要继续努力啊!

李逆熵

【附记】

本书所收录的文章,曾分别刊于《星战迷宫》(1989)、《挑战时空》(1996)及《科幻迷情》(2012),因这几本著作均已告绝版,作者遂从中筛选文章、修订内容,经重新编辑整理后,《论尽科幻》得以全新面貌推出,望可给科幻爱好者一点思考、启发及实用的建议。

著作权合同登记号：图字13-2020-004
作者：李逆熵
中文简体字版 © 2020年由福建科学技术出版社出版、发行。
本书经香港格子盒作室授权，非经书面同意，不得以任何形式任意改编、转载。

图书在版编目（CIP）数据

论尽科幻：突破导写与导读的时空奇点/李逆熵著.—福州：福建科学技术出版社，2020.6（2021.5重印）
ISBN 978-7-5335-6116-1

Ⅰ.①论… Ⅱ.①李… Ⅲ.①幻想小说-文学研究Ⅳ.①I054

中国版本图书馆CIP数据核字（2020）第046354号

书　　名	论尽科幻——突破导写与导读的时空奇点	
著　　者	李逆熵	
出版发行	福建科学技术出版社	
社　　址	福州市东水路76号（邮编350001）	
网　　址	www.fjstp.com	
经　　销	福建新华发行（集团）有限责任公司	
印　　刷	福州万紫千红印刷有限公司	
开　　本	889毫米×1194毫米　1/32	
印　　张	6.5	
图　　文	208码	
版　　次	2020年6月第1版	
印　　次	2021年5月第2次印刷	
书　　号	ISBN 978-7-5335-6116-1	
定　　价	29.00元	

书中如有印装质量问题，可直接向本社调换